続・未来少女・舞

原 哲夫
Hara Tetsuo

文芸社

続・未来少女・舞◉目次

北の女子寮

「舞さんようこそ。遠い京都から羽幌までよく来てくださいました。心から歓迎します。私はハマナス寮のコミュニケーションリーダーの『ミミ』です。どうぞよろしくお願いします」

「こちらこそよろしくお願いします」

私はこのうさぎ型ロボットの登場に戸惑いながら挨拶を返した。二〇四〇年四月三日、私にとって記念すべき日となった。北海道羽幌町上陸の日なのだ。江戸時代末期にアメリカ人ラナルド・マクドナルドがこの羽幌町焼尻島《やぎしりとう》に上陸したように、私にとって異文化の地なのだ。今日は羽幌上陸記念日なのだ。

「舞さんの部屋は五階の五〇六号室です。ロビーの右側にあるエレベーターで上がってください。ロビー左側には階段があります。食事前のミーティングは五時五十分からです。入浴は八時からです。舞さんの荷物は部屋の中に入れてあります。寮生活の諸注意のプリントは机の上に置いてあります。決まりを守り、快適な寮生活を送ってください。舞さん、今までのところで何か質問がありますか」

「いいえ。ありません」

「何か質問がありましたらベッドのそばにある館内電話でお尋ねください。私への問い合わせは九番です」

「はい。ありがとうございます」

「舞さん、ごきげんよう」

「はい、ごきげんよう」

この学生寮ではごきげんようという挨拶を使うようだ。私は靴を脱ぎ、私の名前が書かれている靴入れに靴を置いた。

私は小学五、六年生の時に不登校になっていた。それで、中学校は通信制を選んだのである。マクドナルド記念国際学園中学校に入学した。同じクラスのひとみに誘われてソフトボール部に入った。それで、なんとか不登校を克服でき、中学校で、みんなと仲良くでき、卒業することができた。

私が中学一年生の時、お母さんが、高校時代の同級生だという高木幹也と再婚した。私は幹也がいつもゴロゴロ寝てばかりいたのでゴロンタと心の中で呼んでいた。そして、妹の「をどり」が生まれた。私は迷ったが、ソフトボール部の合宿で来たことのあるマクドナルド記念国際学園高校の本校である羽幌校に進学することになった。そして、この日に羽幌に着いたのだ。

私はエレベーターに乗り、部屋に向かった。エレベーターの右側にあった部屋に入ろうとすると、後ろから声をかけられた。

「ごきげんよう」

「あっ、はい。こんにちは」

「舞様、遠くからようこそ」

「えっ、舞様って私のこと」

私は耳を疑った。今までの人生で舞様などと呼ばれたことはなかった。

「そうよ。高木舞様でしょ」

「なんで私の名前を知っているの」

「ロビーに掲示板があったでしょ。あそこに今日入寮する生徒の名前と顔写真があるのよ、舞様。歓迎しましょうとも書いてあるわ。遅くなりましたけど、私は東京杉並校出身の東条加奈と申します。どうぞよろしくお願いいたします。舞様」

「こちらこそよろしくお願いいたします」

私は到着してすぐエレベーターを探したので、掲示板があったことに気がつかなかった。

「それではお部屋でごゆっくり、舞様。ミーティングの時にお会いしましょう。ごきげんよう。舞様」

「ええっと。ごきげんよう」

なんか異次元の世界に来たみたいで、不安な気持ちになる。私は部屋に入り、大きく深呼吸をしてみた。ここも確か日本のはず、北海道の羽幌に来たはず。この地にあんなしゃべり方の高校生がいるなんて驚きだ。東京から来たと言ってたっけ。東京ってあんなしゃべり方をするのかな。お母さんも東京出身だけど、しゃべり方が全然違う。いちいち舞様と呼ぶのはやめてほしい。耳ざわりだ。そうだ、私もあの人に「びっくり加奈様」とあだ名をつけよう。

私は部屋の中を見渡した。部屋の左側にはベッド、左奥には洋服ダンス。右側奥には机と椅子。右側奥にある窓からは羽幌の街、その先にはきらきらと光る日本海が見え、さらにその先にはうっすらと島影が見える。最高のロケーションである。羽幌にやってきた価値がある。

京都の私の部屋から見えたのは隣のベランダだった。いつも洗濯物が干されていたっけ。窓から見えるここの風景こそ、理想のものだ。

私は京都から着てきた外出着から部屋着に着替えた。それから、床に置いてある五つの段ボールの梱包をほどき始めた。私の大好きなコアラのココちゃん人形を机の右端に置いて、衣類は洋服ダンスと引き出しに入れた。漢和辞典、英和辞典などは机の右奥の上に、パソコンは左に置いた。ノート類は左の大きな引き出しに筆記用具は右の小さな引き出しの中に入れた。

段ボールはまだ二つ梱包されたままであったが、疲れたので明日することにした。私はベッドの上に寝た。天井は真っ白であった。スマホのタイマーを一七時三十分に設定した。今日の朝は緊張していたのか四時に目が覚めたので、すぐに眠りの世界に入った。

やがて、スマホの「舞さん起きなさい」の音声で目が覚めた。ああ、よく寝た。ちょっと疲れがとれた感じ。ちょっと早いけど食堂へ行こう。食堂は何階だったっけ。ベッドの近くに置いてあった寮内案内のプリントを見る。あっ、六階だ。私は寮内スリッパを履いて、部屋を出た。

「舞様、ごきげんよう。食堂まで私が案内いたします」

おっと、さっそくの「びっくり加奈様」の登場である。

「あっ、ありがとう」

声がうわずる。なんかこれって、ストーカー行為ではないか。

「部屋の中は片付きました？」

「ええ、なんとか」

ここで、エレベーターがやってきた。

加奈様が六のボタンを押す。

「羽幌は初めてですか」

「いいえ。三回目です。前の二回はソフトボール部の合宿で来たんです」

「あら、ソフトボールをされていたんですか。一度教えていただきたいわ」

「はぁ」

ここで、エレベーターが六階に着いた。

「こちらが食堂よ」

加奈様は右側を指差した。むむむっ、この人は日本舞踊をやっている。食堂に入っていくと加奈様は笑顔で「ごきげんよう」と言う。すでに座っている三人も「ごきげんよう」と返してくる。ここはやっぱりごきげんようと挨拶をするんだ。私たちは窓側の席に座った。

「私、この席が気に入ったの」

「はあ。あの加奈様は日本舞踊をされているんですか」

慣れない言い方をすると舌がもつれる。

「そうですけど。どうしておわかりになったの」

「さっきの『こちらが食堂よ』と言った時の指使いで」

「あら、そうすると舞様も日本舞踊されているんですか」

「小学校六年生まで習っていたんです」

「あーら奇遇だこと。私は二歳の頃から若松流を習っています。舞様は何流でいらっしゃるの」

「ええ、まあ藤崎流で」

「あーら。聞いたことのない流派ね」

「はい。京都にある小さな流派なので」

そりゃあ、若松流と言えば日本では最も知られている日本舞踊の流派なのだ。それに比べるとお母さんがやっている藤崎流はごく小さな流派だ。彼女が知らないのも当然だろう。

「羽幌には若松流師範代の和木揚也麿先生がいらっしゃるご縁で来ましたの。藤崎流の舞様と出会えるなんて嬉しいわ。末永くよろしくお願いいたします」

「はい。こちらこそよろしくお願いします」

「ロサンゼルスにいる母に知らせたら、きっと喜ぶわ。食事が終わったらさっそくメールをしますわ」

「加奈様のお母さんってロサンゼルスにいるの」

「そうなの。私が小学校四年生の時より、若松流の普及のため当地の練習場に行ってるんです。母はまだ師範補です。揚也麿先生の域にはまだまだですの」

「でも、ロサンゼルスで日本舞踊を教えるなんてすごいですね」

「いいえぇ。まだまだですの」

食堂には十名ほどの生徒が集まってきている。食堂の前に二十センチほどの高さの台が置いてあって、その上に先生らしき女性が立った。

「みなさん、おばんです」

「おばんです」

おばんです。こんばんはの意味なのだろうか。

「私はマクドナルド記念国際学園高校羽幌校の教員の山崎和穂です。これから一年間ハマナス寮一年生を担当します。昨日までに入寮した生徒は後ろのスクリーンに映っていますが、今日入寮した五人に自己紹介をしてもらいます。名前と出身中学校名、それに部活に入っていた人は部活名を言ってください。それでは、北のほうから言ってもらいます」

「相楽さん」

相楽さんと呼ばれた生徒が立ち上がった。一メートル七十センチはあるかと思う大柄でがっちりした体形の女性である。

「相楽純です。稚内東栄中学校出身です。部活は陸上部でした。砲丸投げをしていました。よろしくお願いします」

大きな声である。みんなが拍手した。

「次は竹内さん」

「マクド札幌月寒校出身竹内あずさです。部活は一年生の時に卓球部で、二年生の時は演劇部で、三年生の時は一か月だけ茶道部にいました。よろしくお願いします。それから、私は筋ジストロフィーという病気です。今は歩けていますが、やがて歩けなくなる可能性があります。一か月に一度、札幌の病院に定期検査に行きます」

筋ジストロフィーとはどんな病気なのだろうか。私は竹内さんの顔をじっと見つめた。

「次は吹田さん。起立してください」

小柄なかわいい女の子が弱々しく立ち上がった。

「吹田さんは場面緘黙《ばめんかんもく》なので、私がメモを読みます。吹田理香さんです。マクドナルド神奈川綾瀬校出身です。部活は合唱部に入っていました。よろしくお願いします」

場面緘黙とは、学校など特定の場で、人とコミュニケーションを取ることを苦手とする症状のことらしい。

吹田さんが少しだけ頭を下げた。

「次は高木さん」

「高木舞です。マクドナルド京都三条校出身です。部活はソフトボール部でした。よろしくお願いします」

私がソフトボール部と言った時に少しだけオオッという声がした。ソフトボール部がめずらしいのかな。

「次は新さん」

「マクドナルド北九州小倉校出身の新うんすくです。新はあたらしいと書きます。部活はレスリング部でした。よろしくお願いします」

新さんは大きく頭を下げた。レスリングをしていたとは思えない細い体だ。

「自己紹介ありがとう。明日は三人到着する予定です。みなさんは、数日早く到着したのでこの寮や羽幌の街を教えてやってください。それでは、食事にしましょう。食事は三食ともバイキングです。明日の朝食ミーティングは七時二十分からです。夜のミーティングはこれで終わります」

ああ、やっと食べられる。私は食べ物が並んでいる台の前に並んだ。食器の上に羊の焼き肉、マグロとイカの刺身、牛肉入りのコロッケ、野菜サラダ、ご飯を取った。それにわかめ入りスープの食器も取って、自分の席に座った。周りを見るとすでに食べているので、私も小さな声で「いただきます」と、言って食べ始めた。

壁に貼られた紙に食材を作った人、調理した人に感謝しましょうと書いてある。

京都ではお母さん、ゴロンタとをどりの三人で仲良く食べているだろう。ややこしいのがいなくなって楽しいだろう。べぇーだ。

「舞様、早いのね」

加奈様が隣の席に座った。加奈様の食器を見るとさんまの煮物、なすびの煮物、白菜の漬物とみそ汁だ。うわっ、ださいものばかり食べるんや。ご飯もパンもない。

「加奈様はご飯やパンを食べないの」

「いいえ。一日一回にしていますの。今日は朝食にご飯をいただいたので夜の食事では炭水化物は抜きですの。炭水化物減量ダイエットですの」

「はぁ」

ダイエットなどしている人を初めて知った。私は食べることが唯一の趣味だ。ソフトボール部のメンバーもよく食べていたっけ。ひとみは少し太りぎみだったし、私はソフトボール部を引退してから三キログラムも太った。でも、ダイエットという発想はまるでなかった。私も加奈様を見習って炭水化物減量ダイエットとやらをやってみようかな。

無理、無理。そんなのすると病気になりそう。私は今までどおりの食生活を送ろう。

「舞様はとっても健康的な体をされているわ。うらやましい」

この人、上手に言うわ。なかなかのものや。

「加奈様こそ。日本舞踊にぴったりの体をされているわ。さすがだわ」

私も負けずにヨイショをした。

「嬉しいわ。同級生に日本舞踊を習っていた方がいて」

「いいえ。私なんか日本舞踊を習っていた中には入らなくてよ」

「いいえ。いいえ。日本舞踊の独自の流派を支えてきたなんて、素敵だわ」

「私なんか藤崎流のじゃまをしていただけよ」

「でも、素敵よ。食事が終わったあとで、ぜひ見てみたいわ」

「無理、無理、もう三年も踊ってないし」

「それじゃ、私の部屋に来ていただいたら、私の踊りを見せてさしあげてよ」

「ありがとう。あとで見に行くわ」

なんか結局、加奈様の踊りを見せられることになってしまった。

羊の焼き肉の味は懐かしい。ソフトボール部の合宿以来だ。私の家では羊の肉を食べる習慣がなかった。たぶん、京都ではみんなだろう。

周りを見ると、みんな、隣の人と話しながら食べている。あの自己紹介が生きているのだろう。羽幌の最初の食事から楽しく食べることができて良かった。

「舞様、あと十分したら来てくださる」

加奈様がエレベーターの中でささやくように言った。

「はい」

私が男の子だったら好きになりそう。色っぽい。

私は部屋に戻ると窓から羽幌の街を眺めて過ごした。やがて約束の十分が来たので加奈様の部屋を訪ねた。

「いらっしゃい、舞様。どうぞ、お入りください」

むむむ、なんだこの部屋、薄暗い。

「加奈様。電気をつけないの」

「これから、私の踊りを映像で見ていただくから、照明は落としてあるのよ」

「そうなの」

やっぱり、疲れるわ、この人。何が始まるんや。

「若松流、秋の発表会の映像よ」

窓の手前にスクリーンが取り付けられている。

「舞様、ここに座って」

私は加奈様に言われたままに椅子に座った。

音楽が流れてきて、スクリーンに加奈様が登場した。さすがに踊りが上手だ。お母さんよりも上手かも。加奈様の踊りに圧倒された。うまいうまい、感動する踊りだ。

映像が終了すると部屋が明るくなった。

「どうでした。感想を聞かせていただけるかしら」

「はぁ……。びっくり、驚きです。すごく上手で、感激しました」

「まぁ、嬉しいわ。素直に喜んでいいのかしら」

「もちろん。私、こんな上手な踊りを見たのは、初めてよ。さすが若松流」

「舞様ってお上手ね」

「いいえ。いいえ。私は本当に感激したの」

「本当に信じていいのね。ありがとうございます」

加奈様は深々と頭を下げた。

「次に私の家と家族を紹介するわ」

再び部屋が暗くなり、加奈様の東京にある自宅が映し出された。家は高台にあった。りっぱな門と東条という表札が大写しになる。今度は門が開き、庭を通って玄関へと場面が変わった。庭にはバラや私の知らない名前の花が咲いている。玄関が開き、お母さんがニッコリ笑って登場した。美人やわ。私のお母さん負けてる。次に応接間が映し出され、お父さんが真ん中で右隣にお兄さんと弟、左隣にお母さんと加奈様が映っている。みんな美男、美女で夢のような家族である。

場面が変わり、大きなビルが映し出された。ビルに東条コーポレーションの看板がある。画面がビルの中に移り、にっこり笑った受付のお姉さんが登場する。その両隣にがっちりとした体形の警備員が二人。エレベーターが映り、ビルの上へ上がっていく。何階かで停まり、社長室が映し出される。画面が社長室内となり加奈様のお父さんが登場する。加奈様のお父さんは、この会社の社長なんだ。でも、なんでお嬢様高校でもないマクドナルド記念国際学園高校羽幌校に入ってきたんだ。よけいなこと推測するのはやめよう。人それぞれ、この学校に入ってきたわけがあるんだ。

さらに場面が変わり、きれいな海で人が泳いでいる。あっ加奈様の家族だ。風景からいって、ここはハワイのようだ。また場面が変わり、庭でバーベキューをしている様子が映っている。みんな仲良しなんだ。私の家族ではバーベキューをしたことなんか記憶にない。私のお父さんは小さい頃からあんまり家にいなかったのだ。どこへ行っていたかは、まだ小さかったのでよくわからなかったけど、たぶん女性のところだったと思う。お母さんは私にぐちることはなかった。お母さん、本当はお父さんのことを好きではなかったのかもしれない。ゴロンタと再婚できて今は幸せなのだろう。

加奈様家族が乾杯しているところで映像は終了した。

「これが私の家と家族よ。いかがでした」

「すごいりっぱなお屋敷ね。ハワイに別荘があるのね。それに家族はみんな仲良しね」

「まぁ。それらしく撮っているわね。これを作ったのは映像制作会社よ。上手に撮れてるわ。別荘はオーストラリアとカナダにもあるわ。ハワイの別荘は二か月前に売ったのよ。だから映像に使ったの。セキュリティの問題で私たち家族がどこにいるかは秘密よ」

「へぇそうなの」

「本当の家は都内に三か所あるのよ。そこを移動してるの。これもセキュリティの問題があるから」

「へぇ。そうなの。よくわからない世界ね」

「ふふふっ。私はアメリカのニューヨークに留学していることになっているの」

「へぇ。そうなの」

「この羽幌にもハマナス寮にも、私のボディガードが何人かいるの。それはだれなのか。何人いるのかは私にも知らされていないわ。私の行動は毎日、パパやママに報告されているの」

「はぁ。その話は本当？」

「あら、信じてくださらないの」

「そんなことはないけど。中学校時代の同級生にそんな人がいなかったから、よくわからない話なので」

「そうかもね。羽幌では日本舞踊の好きな平凡な女の子を演じるようにママに言われているわ。舞様もそう思って接してね」

「ええ。わかったわ」

と、言ったものの、なんかわからない世界やわ。思いがめぐらない思考不能やわ。

「私、疲れたので自分の部屋に帰るわ」

「あら、ごめんなさい。長旅で疲れているのに。ごきげんよう」

「バアィじゃなかった。ごきげんよう」

「ごきげんよう」

ああ疲れるわ。びっくり加奈様。

私は部屋に戻るとパジャマに着替える元気もなく、服のまま寝てしまった。

次の朝、目を覚ますとカーテンを開けて窓の外を見た。澄んだ青い空、緑の木々がまぶしい。海の向こうにくっきりと島影が見える。ああ、私は北海道まで来たんだという実感がした。

昨日は伊丹から千歳までやって来て、札幌から羽幌までバスで来たんだ。留萌《るもい》を通過して羽幌に着くまでバスで海岸線を走った。濃く青い海がきれいだった。三年前、二年前とソフトボール部の合宿で羽幌に来た時の海だった。あの時はひとみといっしょにあの海を見たっけ。ひとみはどうしてるかな。メールを送らなくちゃ。

――ひとみ元気。私は羽幌に無事に着いたよ。女子寮の初日を楽しく過ごしたよ。みんないい人ばかりよ。一人疲れる人がいたよ。じゃ、バイ。またね。

お母さんにもメールをしなくちゃ。

——お母さん、無事に羽幌に着きました。女子寮の初日を楽しく過ごせました。羽幌の街は新緑に囲まれてきれいです。有意義な三年間を送れそうです。舞より……。

お母さんはどうしているかな。起きてご飯を作っているのかな。それとも、をどりにおっぱいをあげているのかな。お母さんがをどりを産んで、おっぱいをあげるようになってから、お母さんに近づくとかすかにおっぱいの匂いがしたっけ。私もをどりのようにお母さんのおっぱいを飲んでいた時があったんだな。きっと。でも、そんな時代にはもう戻れない。私はお母さんの力を借りずに生きていこうとして羽幌に来たんだ。京都を離れたことに悔いはない。

えーと。朝食ミーティングは七時二十分と言っていたっけ。まだ、少し時間があるので、まだ梱包をほどいていない段ボールを開けようっと。一つの段ボールには、抹茶のセットが入っている。茶碗、茶せんと茶しゃくだ。私にとって大事なものだ。それに煎茶用の急須と湯のみ。台所の食器棚に入れた。あとは果物用ナイフを包丁差しに収めた。台所には

ＩＨがある。小さなやかん、まな板、包丁と小さな鍋とボウル、ざるがある。簡単な料理ならできるようになっている。

このハマナス寮にいることができるのは一年間だけなので、料理を作る練習をしなければならない。それに日曜日は食事がない。街に出てコンビニで食料を買って作るか、サンドイッチとかおにぎりを買って食べるか、街の食堂で食べるかだろう。二年生になると街のアパートかワンルームマンションに入ることになる。一人で暮らす能力をつけるのも、学習の一つとして、この学園では位置づけられている。

さて、七時二十分が近づいてきたので、食堂に行こうか。あのストーカー、またいるだろうな。私はおそるおそるドアを開けた。

「ごきげんよう。舞様」

やっぱりいたストーカー。

「おはよう。加奈様」

私にとってはやっぱり、おはようのほうが言いやすい。

「ゆっくりお休みになられた？　舞様」

いちいち舞様やめてよね。うっとうしい。

「はい」

あんたのおかげでパジャマにも着替えず、朝までぐっすり眠ることができました。

「階段で上がりましょうか」

「はい」

私たちはエレベーターをやめて階段で六階まで上がった。階段で上がるなんて久しぶりだったので疲れる。息切れがする。加奈様を見るといたって平然としている。さすが日本舞踊で鍛えた体力だ。私たちは食堂に着いて、周りをみわたした。

「また、あの場所に行きましょう」

「はい」

この人はこだわりが強い。

「この場所がやっぱり一番いいわ」

「はぁ」

なんか疲れるこの人、テーブルなんてどこでもいいのに。

「今日も焼尻島がくっきり見えてるわ」

そう言われてみれば、いいロケーションである。

「はぁ」

「みなさん、おはようございます」

ハマナス寮担当の山崎先生が前に立っている。

「おはようございます」

「声が小さい。もう一度」

「おはようございます」

みんなは前よりも大きな声で挨拶をした。

「はい、よろしい。挨拶は大きな声で。メリハリをつけた生活をしましょう。昨日の夕食後に到着した生徒がいるので、自己紹介してもらいます。名前、出身中学校名、部活に入っていたら部活名を言ってください。船橋さんお願いします」

「船橋羽菜です。京都城陽校出身です。部活は美術部でした。昨日はバスを乗り間違えて、遅くなってしまいました」

なんか、どんくさそう。しゃべり方がゆっくりしている。京都城陽校ってどこにあるのだろうか。あとで聞いてみよう。

「今日の予定ですが、十時から羽幌街めぐりのマイクロバスが出ます。希望する人は食事が終了するまでに私に申し込んでください」

「はい」

　みんなは声をそろえて返事をした。

「それでは、朝食にします。今日は四月四日なので四番テーブルの人が最初に料理を取りに行ってください。次は五番、六番という順に行ってください」

　山崎先生のことばで自分のテーブルの上を見ると七と書いてある。私は加奈様といっしょに順番を待った。隣の六番テーブルの人が立ち上がったので、私たちもゆっくりと立ち上がり、列に並んだ。私はパンと牛乳、野菜サラダ、目玉焼きをトレイの上に置いた。加奈様はご飯とみそ汁、焼き魚、生卵をトレイの上に置いた。加奈様は和食派のようだ。私は和食も好きだが、朝はパンがいい。

　私はトレイを七番テーブルに持っていき、加奈様といっしょに食べた。さっきはくっきり見えた焼尻島は雲に隠れて、ぼんやりとしか見えなくなっている。でも、羽幌の街がくっきりと見える。

「舞様は羽幌案内のマイクロバスに乗りますか」

「ええ、そのつもり」

「それなら私も行くわ。山崎先生にお願いしてくるわ」

「はい」

しばらくすると加奈様が戻ってきた。

「山崎先生にお願いしてきたわ。いっしょに行きましょうね」

「はい。ありがとう」

この人はおせっかい。また、マイクロバスでいっしょになるなんて、ゆううつだ。どうしたらいいのかな。

ひとみに相談したら、きっと、「がつっと言うたれや。お前がうっとうしいんや。あっちへ行け」と言うだろう。私はそこまでよう言わんな。どうしたらいいのかな。

あっ、そうや山崎先生にそのうちに相談してみよう。いい提案をしてくれるかも。まあ、今日のところは、我慢やな。

私は部屋に戻ると窓から外を見た。焼尻島がくっきりと見えている。海と羽幌の街もくっきりと見えている。さあて十時の出発まで何をしておこうか。暇やなぁ。うーん。ああ、そうだ。このハマナス寮の中を歩いてみよう。また、あのストーカーついてくるかなぁ。うっとうしい。ここは我慢我慢、そのうちなんとかなるだろう。

私はそっとドアを開けた。しめしめいない。階段まで急いだ。

「うぁあ」

いたのだ。階段の下に隠れていた。

「舞様、どちらへ」

「あのう。ハマナス寮の中を見学しようと思って」

「あらぁ、それなら私が案内してさしあげてよ」

「ええ、ありがとう」

やっぱり疲れるわ。ひとみ、なんとかしてぇ。

「それでは四階に下りましょうか」

「はい」

四階に下りると、五階と同じような造りになっている。

「四階は五階と同じ個室になっているので五階と変わりなくてよ」

「ふーん」

これからいつもの自分でいよう。

四階の北端の窓から外を見ると牧草畑が続いていた。牛がのんびりと草を食べている。

やっぱりここは北海道だ。南端に行って外を見ると去年ソフトボール部の合宿で泊まった建物が見える。

「懐かしい。加奈様、私ら二年前、あそこに泊まったのよ」

「そうなの。二年前から羽幌に来てらっしゃったの」

「最初は三年前」

「そうなの。羽幌は詳しいの？」

「そんなことはないけど、ずっとグラウンドでソフトボールをしてたから、羽幌の街は通過しただけ」

「そうなの。三階に下りましょうか」

「はい」

二人で階段を下りた。

「三階も二階も個室なので五階と変わらないわ。一階に行きましょう」

「はい」

そのまま階段で一階まで下りた。

「一階は玄関、ロビー、面談室が三つと相談室が二つよ。それにお風呂とピアノレッスン室があるわ。この部屋は防音になっているのよ」

「ふーん」

「この端の部屋は授乳室と、その隣はプレイルームよ」

窓からのぞくと積み木が置いてある。あんなのだれが遊ぶのかな。それに授乳室って何。

「授乳室って何をするの」

「ここの生徒で、赤ちゃんを連れてくる人がいるらしいのよ」

「へぇー」

何と言っていいのか。私にはまだ遠い話だ。

「私も早くかわいい赤ちゃんがほしいわ。でも、ママが赤ちゃんは高校を卒業してからにしなさいと言うから、高校を卒業するまで待とうと思っているの。でも、羽幌で素敵な男性とめぐりあったら、産んでしまうかもよ。舞様の心づもりはどうなのかしら」

「えっ、私の心づもりなんて、まったくないわ。妹が一歳なので、かわいいけど。私が赤ちゃんを産むなんてまったく考えてないわ」

「あら、そうなの。私は舞様の赤ちゃんを見てみたいわ。きっとかわいくてよ」

「はあ。でも、それはずっと先のこと」

びっくりしたこと言うわ、この人。昨日もびっくりしたけど、今日もびっくりだわ。この人といると疲れる。熱が出てきそう。

「そうかしら。そんなこと言ってる人にかぎって早かったりして。来年の春には、あの授乳室にいたりして」

「そんなのない」

私は大きな声で言った。

「あら、ごめんなさい。舞様って意外と熱いのね」

「あっ、ごめん。大きな声を出してしまって」

「いえいえ。あっちのお風呂を見に行きましょうか」

「うん」

私たちは風呂を見に行った。風呂は一度に二十人は入れる大きなものだ。シャワーが四つ、それに個室風呂がある。

「この個室風呂は特別の事情がある場合に使うらしいよ」

「へぇ、特別の事情ってどんな場合なのかしら」

「たとえば、お母様が会いに来て、母娘で入りたい時らしいの」

「へぇ、そうなの」

いまさら、お母さんといっしょに風呂に入るなんて、なんか恥ずかしいわ。をどりといっしょだったらいいけど。

「ミミ様に挨拶をしていきましょう」

「ええ」

私たちは玄関へと向かった。

あのうさぎ型ロボットは今日も玄関でだれかを出迎えているのだろう。

「ミミ様、ごきげんよう」

私たちは声をそろえて言った。

「ごきげんよう。加奈さん、舞さん。羽幌の朝はいかがですか」

「とってもさわやかよ」

加奈様はさわやかかもしらんけど、私は疲れてる。

「舞さんは」

「はい、私もさわやかな感じ」

面倒なのでさわやかにしておこう。

「今日は羽幌街めぐりに行くそうですね。楽しんできてください」

「ありがとうございます」

えっ、なんで知ってるの。

私たちは階段を使って五階まで上がった。

「加奈様、ミミさんが、なんで私たちが羽幌街めぐりに行くことを知ってるの」

「それは山崎先生がハマナス寮内ランで知らせたからよ」

「へぇ。そうなんだ。私たちが何をしているか監視しているんだ」

「そんな言い方はよくないわ。舞様。私たちの行動を常に見守ってくれているのよ」

「あら、ごめん。そうなんだ」

「私たちが羽幌にいるかぎり安全よ。舞様」

「そうなんだ」

なんか複雑な気持ちである。私たちは羽幌にいるかぎり、マクドナルド記念国際学園高校から監視されているのか保護されているのか、微妙な問題である。

「加奈様、時間が来るまで部屋で待ってるし。また、あとで。バアイ」

「ごきげんよう」

ああ、やっと解放された。恐るべきストーカーめ。疲れるわ。ベッドに上がったら眠ってしまいそうなので、サイドテーブルの上にあった『羽幌案内』の冊子を読み始めた。

羽幌街めぐり

羽幌は明治十八年に工藤浅吉らによって開拓が始められたそうである。なんか眠たくなってきた。私は冊子を読むのをやめて体操を始めた。ソフトボール部でしていた準備体操である。体育の授業が三月の初めで終わってから、ほとんど体を動かしていない。加奈様を見習って炭水化物減量ダイエットやらなくちゃ。

準備体操をしていると九時三十分になった。私は外出用の服に着替えて、その上から学校指定の紺色のコートを着た。羽幌では四月の初めなら、まだコートが必要だろう。

ドアを開けるとストーカーがやっぱり待っていた。ストーカーも紺色のコートを着ていた。

「舞様、ごきげんよう」

なんか一時間前までいっしょにいたんだけど。また会ったらごきげんようって言うのかな。

「ええっと。ごきげんよう」

「いっしょに行きましょうね」

「はい」

ついてくんなよストーカー。

私たちは玄関に下りた。玄関前にはマイクロバスが待っていた。

「おはようございます」

「おはようございます」

私たちはマイクロバスの運転ロボットに挨拶をした。乗用車は、今ではほとんど自動運転になっているが、マイクロバスでは運転ロボットか運転手が運転することが義務づけられているようである。

やがて山崎先生が乗ってきて、生徒が七人になり、バスが出発した。

「最初は役場だよ」

「はい」

マイクロバスは学園の敷地から羽幌の街へと走っていく。雪はないものの、なんとなく春とはいいがたい風景である。京都で言えば二月頃の風景かな。バスは町役場の前で停まった。モダンな建物である。

「町役場に着きました。ここが最初の見学場所です。降りてください」

「はい」

私たちは山崎先生のことばに促されてバスを降り、役場の中に入った。

「三階まで上がります」

「はい」

私たちは山崎先生について、三階まで階段を上がった。そして、会議室へ入った。私たちが椅子に座ろうとした時に、中年の男性が会議室に入ってきた。

「こんにちは」

「こんにちは」

「役場総務課の川崎さんです」

山崎先生が名前を紹介してくれた。

「川崎です。よろしくお願いします」

「よろしくお願いします」

みんなは声を合わせて言った。

「山崎先生から紹介いただきました総務課に勤務している川崎です。羽幌町についてわからないことがありましたら私に相談してください。町からのお願いですが、住民票を早く羽幌町に移してください。羽幌町の正式な住民になってください。この中ですでに十八歳を超えた方は選挙権がありますので、羽幌で投票できるようにしておいてください。

みなさんは三年間、この町で勉学に励んでいただいて、さらにその後もこの町に残っていただいて、この町で働いてください。ハローワークを通じて就職のお世話をいたします。これを機会に長く羽幌に住んでください。みなさんの先輩の中には羽幌町役場や羽幌町内のさまざまなところに就職して活躍されている方がいます。この三年間は羽幌町民として町が主催するさまざまな行事にも参加してください。具体的には私が学園に出向いて説明させていただきます。今日はご苦労様でした」

住民票ってなんやろ。お母さんから聞いてなかったわ。

「質問がある人がいるかもしれませんが、質問は川崎さんに学校に来ていただいた時に時間をとります。今日はお礼を言って帰ります」

「ありがとうございました」

川崎さんにお礼を言うと、私たちはマイクロバスに乗って次の目的地に向かった。

「次は郵便局です」

「はい」

マイクロバスは国道に出た。国道は交通量も多く、大型のトラックが走っている。五分ほどでシックな建物の郵便局に着いた。

「降ります」

「はい」

私たちは山崎先生についてマイクロバスを降りた。

「手前にあるのがATMよ。奥には切手の売り場、貯金の窓口ね。各自で行ってみて」

「はい」

奥まで行ってみたが、京都にある郵便局と変わらない。京都を出発する前にゆうちょ銀行で通帳とキャッシュカードを作ってもらったし、せっかくなのでATMの操作を練習してみた。毎月のお小遣いは送金されてくることになっている。

「次に行きますよ」

「はい」

私たちはマイクロバスに乗った。

「次にコンビニに行きます。買い物をしたい人がいれば買ってもいいよ」

「はい」

マイクロバスは国道を二分ほど走り、停まった。

「ここがエイトファイブよ」

エイトファイブは京都にもある全国チェーンである。

私たちは山崎先生に促されて、マイクロバスを降り、店内に入った。なんか懐かしい。京都に戻ったような感じがする。商品の展示も商品も京都と同じである。

「いらっしゃいませ」

このことばも同じである。ただ、なんとなくイントネーションが違うような感じ。この店にもＡＴＭがある。

「買い物をしない人はマイクロバスに戻っていいよ」

「はい」

私はバスに戻った。加奈様はまだ戻っていなかったので、買い物をしているのだろうか。

一人、二人と戻ってきて、最後に加奈様と山崎先生が戻ってきた。

「全員そろっているね。それじゃあ出発。次はフェリーターミナルに行くよ」

「はい」

マイクロバスは静かに走りだした。国道から離れ、細い道を通り、フェリーターミナルに着いた。岸壁にはフェリーが一隻停まっていた。

「降りてね。ここで二十分間休憩」

「はい」

うあっ、懐かしい。ソフトボール部の合宿の時にここに来たっけ。ひとみや祐希といっしょにこの岸壁の周りを歩いたっけ。思い出すと涙が出てきそう。ひとみ、元気にしているかな。

「舞様、海のほうに行ってみましょうか」

「うん」

私と加奈様は海のほうへ向かった。頭の上をかもめが飛び交う。磯の香りがぷーんとしてきた。ここは海のそばだ。向かい側に島影がうっすらと見える。夏休みまでには行ってみたい焼尻島、まだ行ったことがないがこの三年間には一度行ってみたい天売島《てうりとう》。

「舞様、海っていいわね。ロマンがあって。私も海を越えてママのところに行ってみたいわ。この日本海じゃなくて、太平洋だけど」

「加奈様は夢があっていいね」

「ええ、小さな夢だけど」

「小さくはないわ。私なんか夢なんか、なんにもないわ」

「あら、そんなことはないわ。羽幌に一人で来たことこそ、夢を実現させたんでしょう」

「羽幌に来たことが夢を実現させると言うのかな。仕方ない選択だったような」

「仕方ない選択って何ですの」

「それはおいおい話すけど」

「いつか聞かせてくださいね」

「ええ」

「それじゃあ。戻りましょうか」

私と加奈様はマイクロバスへと戻った。みんなはすでに戻っていた。

「みんながそろったので、出発するよ」

「はい」

「次はサンルートセブンホテルよ」

「はい」

マイクロバスは住宅街を通り、国道を超えて五分ほどでサンルートセブンホテルに着いた。ここは羽幌町で一番高い建物で十一階あるそうだ。ハマナス寮の部屋にあった羽幌ガイドブックに書いてあった。

「見学時間は二十分。さあ降りて」

「はい」

私たちはホテルの中に入った。

「いらっしゃいませ。こんにちは」

フロントの人がにこやかに挨拶をしてくる。

「こんにちは」

私たちも答えた。

フロントの前にある売店にはお土産品が並ぶ。私の好きなアイスクリームや羊かんもある。私は思わず羊かんを一本買ってしまった。

「加奈様、いっしょに食べましょうね」

「ありがとう」

「これは煎茶といっしょに食べるとおいしいよ」

「そうね」

「京都三歩堂の煎茶よ」

「あら、三歩堂。東京でも有名よ」

加奈様とは気が合うのかな。もうストーカーという言い方はやめておこう。

「今日は私の部屋に来て、いっしょに羊かん食べましょう」

「ありがとう。必ず行くわ」

右手奥に行くとレストランがあった。まだ、開店してないようだった。ここなら、学校が休みの日に食べに来ることができる。加奈様といっしょに食べに来よう。

私と加奈様は方向を変えて左奥へと行ってみた。こっちには入浴施設がある。このホテルで温泉に入れるのだ。小さなゲームコーナーがあり、その隣に軽食コーナーがある。私の大好きなソフトクリームも売っている。休みの日はここに食べに来ようっと。

「舞様はソフトクリームがお好きかしら」

「好き好き大好き」

「嬉しいわ。休みの日はここに食べに来ましょうね」

「うん。来る来る」

羽幌に来て気の合う友達ができて良かった。お母さんとひとみに報告しておこう。

「マイクロバスに戻ろうか」

「はい」

マイクロバスに戻ると山崎先生と生徒が二人戻っていた。五分ほど待つと全員がそろった。

「出発するよ。次はもう一つのコンビニだよ」

マイクロバスは二分ほど走ると駐車場に停まった。アカシアマートである。北海道に来るとよくある。店の中に入ると地元の物産がたくさん並べてある。カニせんべい、ホタテクッキー、十勝産あずきが入ったあんぱんは京都で売っているものの倍の大きさはあるだろうか。私の好きな下川産のアップルジュースもある。鹿肉入りインスタントラーメン、鹿肉入りカップめん、白樺樹液。月刊誌や週刊誌にも北海道の名前が付けられたものがある。壁には焼尻島や天売島の写真が貼ってある。天売島には有名な写真家が住んでいるそうである。エイトファイブとはまったく違う品揃えだ。ハマナス寮から歩いてくるならこっちのほうが近い。近いうちに来よっと。店内を一周して外に出た。前にある国道には大型トラックが頻繁に走っている。あの大型トラックはどこまで行くのだろうか。

マイクロバスに乗ると、まだ山崎先生しか乗っていなかった。加奈様が隣にいないとなんかほっとする。「舞様、舞様」って言われるのが疲れるな。私はひとみのノリが好きやわ、やっぱ。

　そう思ったところで加奈様が帰ってきた。

「鹿肉入りカップめんを買ってたの。家ではカップめんなんか食べられないから」

「えっ、なんで」

「お手伝いのいち子さんがそんなの食べたらだめって言うの」

「ふーん。家にお手伝いさんがいるの」

「ええ。二人。いち子さんは年配の方よ。もう一人の梨花さんはまだ二十代よ」

「ふーん」

　加奈様はやっぱりお嬢様育ちなんだ。

　加奈様とそんな話をしている間に全員が乗車した。

「それでは出発します。これで羽幌の見学は終了します。このマイクロバスはハマナス寮に戻ります。授業が始まれば羽幌や近郊の町や村を見学する機会をつくります」

「はい」

私は羽幌に来るのが三回目なので新しい印象といっても特にないけど、街の建物が全体的に新しいことぐらいかな。京都は新しい建物があるけど、古い建物が保全されていて街が全体的に古い感じだな。加奈様はどんな印象を持ったのかな。

マイクロバスは街を通り抜け、畑や牧場などの間を通り抜け、ハマナス寮に着いた。

「ありがとうございました」

「ありがとうございました」

私たちは山崎先生と運転ロボットにお礼を言ってマイクロバスを降りた。まだ、二日目だけど懐かしいハマナス寮の建物である。

寮のメンバー

私と加奈様は玄関近くにある売店で弁当を買った。まだ、できたてで温かい。

「食堂へ行って食べましょうか」

「そうね」

私たちはエレベーターに乗って六階に上がった。食堂に入ると三人が昼食を食べていた。そのうちの一人は、今日の朝のミーティングで自己紹介をした京都城陽校出身の生徒だ。ぼそぼそとサンドイッチを食べている。

「加奈様、あの子のそばで食べましょうか」

「いいってことよ」

「隣いいかしら」

「どうぞ」

話し方がゆっくりだ。この人、本当に京都出身なのだろうか。それはともかく、私と加奈様は京都城陽校出身の生徒の隣に座った。

「私、京都三条校出身の高木舞。朝のミーティングの時、名前を言っていたけど、忘れたので、もう一回言ってくれへん」

「あのね。私は船橋羽菜です。よろしくお願いします。私、北海道が初めてなので戸惑うことばかりで疲れています。同じ京都の人がいて嬉しいです。よろしくお願いします」

「こちらこそよろしくお願いします。ところで、城陽ってどこにあるの」

「あのう、城陽市は京都府の南部で、近鉄だと寺田、久津川、富野荘《とのしょう》が城陽市です。JRだと城陽、長池が城陽市です」

「そうなんや。知らなかった。ごめんやで。それで、城陽って標準語で話すの」

「いいえ。あのう、北海道に出発する前にお父さんが北海道に行ったら京ことばで話すなって言うから、努力して標準語で話すようにしています」

「なんで、京ことばがだめなん」

「あのう。京ことばで話すと目立つからやめとけって」

「ふーん。そうなの」

そのゆっくりしたしゃべり方で十分目立っていると思うけど。それにいちいち「あのう」

と言うのはやめてほしい。

「ごめんなさい。私は東京杉並校出身の東条加奈です。よろしくお願いします」

「あっ、よろしくお願いします」

私たちは食事を終えると、五階の部屋に戻った。なんと羽菜さんは私の隣の部屋なのだ。うえっ、疲れるのが隣の部屋か。まぁ、加奈様よりましだけど。

私は部屋に戻るとベッドの上で横になった。なんかいろいろ疲れるわと思った。気がついたら五時が過ぎていた。やっぱり疲れているんや。一人でこんな遠くまで来たのは初めてなんや。今まではせいぜい京都市内ぐらいやった。やっぱり緊張してたんやろな。

窓から海のほうを見ると曇りで、島影はまったく見えへん。なんとなくぼーっとしていると夜のミーティングの時間が近づいてきた。さぁ、五分前行動や。行こう。

私が廊下に出るとやっぱりいた加奈様。

「ごきげんよう」

「こんばんは」

「ミーティングに行きましょうね」

「ええ」

本当は一人で行きたいんや、六階までなんか一人で行ける。

仕方なく私は加奈様といっしょに階段を上って六階の食堂へ行き、昨日と同じ窓側の座席に座った。

「今日は曇っているので島は見えませんね」

「そうやね」

私たちが座ってから次々と食堂に生徒たちが入ってきた。

「ごきげんよう」

加奈様は大勢の人に声をかけている。

「こんばんは」

「ごきげんよう」

ごきげんようで返す人が半分くらいだろうか。

「おばんです」

山崎先生が前に立っている。

「それでは夜のミーティングを始めます。昨日まで入寮した人は後ろのスクリーンに映っていますが、今日、入寮した人に自己紹介してもらいます。それでは北のほうから順にしてもらいます。佐々木さん」

「こんばんは。私は北海道足寄町から来ました佐々木アリスです。よろしくお願いします。私の母は日本人ですが、父はガーナ人です。出身校はマクドナルド帯広校です。部活は一年の時に卓球部に三か月ほど入っていました。それからは部活に入っていません。以上です」

なんとなく自信がなさそうなしゃべり方や。

「次は木村さん」

「こんばんは。私は長野県から来た。木村あかねです。出身校は長野松本校です。部活は剣道部でした」

なんか無駄のない内容だ。目の輝きが他の人と違う。

「次は横田さん」

「横田梓沙です。高知県から来ました。中学校は四万十市の中学校です。母に子どもを預けてきました。女の子で八か月です。とってもかわいいです」

「ええっ」という声が聞こえてきた。

私もええっという思いだ。この人、赤ちゃんを産んだんだ。おっぱいを吸われた体験があるんだ。一度話を聞いてみたい。

「自己紹介ありがとう。明日は四人到着する予定です。昨日まで到着した人は、この寮や羽幌の町のことを教えてあげてください。明日の朝食ミーティングは七時二十分からです。夜のミーティングはこれで終わりです。食事にしましょう」

さあ食べよう。私は食べ物が並んでいる台の前に並んだ。皿の上にミニステーキ、ふきと油揚げの煮物、イカの煮つけ、野菜サラダ、ご飯を取った。それに玉ねぎスープも取って、自分の座席に座った。すでに加奈様が座っていて私を待ってくれている。

「待っていてくれてありがとう」

「どういたしまして。食べましょう」

「いただきます」

「いただきます」

加奈様の食器を見ると、相変わらずご飯がない。おかずも少ない。

「加奈様はおかずもそんな量で、だいじょうぶなの」

「ええ、あとでカップめんをいただくつもりだから、だいじょうぶよ」

「ああ、そうだったよね」

「それに舞さんの部屋で羊かんをいただけるんでしょ」

「ああ、そうだよね。抹茶を入れるけど、加奈様だいじょうぶかな」

「ええ、いただくわ。私は三歳の頃からお茶を習っているのよ。大串流よ」

「わっ、嬉しい。私もよ」

「奇遇ね。大串流は茶道の流派の中でも少数派よね。羽幌に来て大串流の人に出会えるなんて嬉しいわ。さっそくママに知らせなくちゃ」

「夕食が終わったらさっそく部屋に来てね」

「ええ、おじゃまするわ」

まったく奇遇だ。ひとみが言っていた「今度はまじめなやつと友達になれよ」ということばにぴったりかもしれない。

夕食を終えると、そのまま加奈様は私の部屋についてきた。

「ちょっと待っていてね。今、お湯を沸かすから」

「じゃ、私はここに座って待っているわ」

加奈様は床に正座した。お茶を習っていただけあって正座の姿が美しい。私はやかんに水を入れ、ＩＨのスイッチを入れた。

「壁に貼ってある絵が素敵ね。だれのかしら」

「それは若冲《じゃくちゅう》のよ。複製の作品だけど」

「やっぱり、そんな感じがしたわ」

「羽幌に来る前にお母さんがくれたの」

「やさしいお母さんね」

「そうかな」

お湯が沸いた音がした。ＩＨのスイッチを切り、台所の収納棚から茶碗、抹茶と茶せんを取り出して、床に置いた。やかんを持っていき、私も正座した。あっ、羊かんを忘れている。私は机の上に置いてあった羊かんを台所に持っていき、包丁で切った。小皿に羊かんを載せ、つまようじを二本添えた。久しぶりのお茶なので緊張する。羊かんを加奈様の前に置き、私は再び正座した。抹茶を茶しゃくで三杯茶碗の中に入れる。家であれば茶釜があったのに。やかんからお湯を注ぐのでは、なんか感じが出ない。

「粗茶です」

私は加奈様の前に茶碗を置いた。加奈様は羊かんを口にしたあとに大串流の作法にのっとり、茶碗を手にした。さすがにきれいな動きである。お茶でも私は加奈様にかなわない。

「けっこうなお手前で」

「ありがとうございます」

「次は私が入れてさしあげてよ」

「ありがとうございます。その前に茶碗を洗います」

「ありがとうございます」

台所に行き、茶碗を洗った。羽幌の水道は水が冷たい。京都の水道であれば、こんなに冷たいと感じることはない。私はすばやく茶碗を洗うとふきんで拭いた。

「加奈様、洗えましたし使ってください」

「ありがとうございます」

加奈様は茶筒から茶しゃくで抹茶をすくい、茶碗の中に入れた。やかんからお湯を注ぎ、茶せんをゆっくりと動かした。美しい動きである。

「粗茶ですって言うのは変ね。この抹茶は舞様の持ち物ですしね」

「ふっふっふ。そうなんですけど。形式的に言えば粗茶ですよね」

「そうよね。それでは粗茶です」

「ありがとうございます」

私は羊かんを口にした。甘い甘い味が口の中に広がる。でも、さとうきびから作られた砂糖とは違う甘さだ。あっ、そうそう、この甘い感じは砂糖大根から作った砂糖なのだ。

私は抹茶を口にした。なんか加奈様の前では緊張するわ。私は三口で飲んだ。この苦いところがなんともおいしい。

「けっこうなお手前で」

「ありがとうございます。これからも舞様の部屋でお茶をいただかせてくださいね。私はお茶の用具を持ってこなかったもので、よろしくお願いします。若松流の和木先生が俺の家の茶室を使えと言うので、持ってこなかったんです。舞様もいっしょに和木先生のところに行きましょうね」

「はい。いつか」

「それでは、おいしいお茶と羊かんをいただけたので失礼します。ごきげんよう」

「ごきげんよう」

加奈様といっしょにいたら、私のことばづかいが変わってくる。友達の影響は大きい。

次の日は朝食を食べ終えると、加奈様といっしょに高校の図書館へ行った。京都三条校の図書館の倍の面積もあるし自習室も広い。五十人は座ることができる。それに、図書館司書の松井さんはやさしい感じの人だ。さらに本に関する知識が豊富である。書庫をめぐっていた時にびっくりするものを発見した。日本の伝統文化コーナーにあった日本舞踊の写真集の中に、若い頃のお母さんがいたこと。撮影された場所は京都ロームシアターで、撮影された日は二〇一九年三月二十七日である。平迫流の定例発表会の日である。

お母さんは若い、それにかわいい。お母さんもこんな頃があったんだ。お父さんが惚れるのも無理はない。でも、こんなかわいいお母さんと結婚したのに、お父さんは新しい女をつくったんだ。許せない。どうしてやろうか。まあ、それはゆっくり考えよう。

昼からは部屋でゆっくりして過ごした。

夜のミーティングには二人の生徒が自己紹介した。一人は山形県出身の茂木さちさんと東京出身の李照見さんだ。あと二人が到着する予定だったが、ミーティングの時点では到着していなかった。

明日はいよいよ入学式。どんな高校生活が始まるのか楽しみだ。

ひとみも明日が入学式だ。ひとみなら充実した三年間になるだろう。私はこの羽幌で知識や技能を身に着けたい。そして、いい友達をつくりたい。この日は早めにベッドに入った。

朝のミーティングでは、入学式についての諸注意があった。特に服装については、必ず制服を着るように言われた。制服を着ない場合は原則として式場に入れないそうである。制服を着ないで式場に入ることを希望する生徒は事前に許可申請が必要で、保護者の同意書も必要とのことである。その締め切りが今日の午前九時までだそう。私はマクドナルド学園高校の制服を気に入っている。第二制服で羽幌校の制服もあるが、これを購入するかどうかは自由である。入学式に着ていくのはマクドナルド学園の制服である。

それから、昨日の夜のミーティングに来ていなかった二人は、まだ着いていないそうである。

入学式

私と加奈様は朝食をとると、制服に着替えて早めに校舎に向かった。すぐには校舎の中に入らず、校舎の周りをゆっくりと歩いた。薄緑色の校舎は周囲に溶け込んで、周りには薄紫色の花がたくさん咲いていた。

「この花の名前は何というのでしょうね」

「わかんない。入学式が終わったあとで図書館に調べに行かへん」

「いいってことよ」

ということで、私と加奈様は入学式が終わったあとで花の名前を調べることになった。

校舎の周りを一周すると私たちは、正門からまっすぐ伸びる道の向こうに見える玄関から校舎の中に入った。何か油絵の一枚にこんな風景があったような気がする。あっ、そうそう京都の私の家にこんな油絵があった。玄関の壁に掛けてあったっけ。あれはゴロンタが描いたものだ。うえっ、入学式の日だというのに変なやつのことを思い出してしまった。

忘れよう。

私たちは持ってきた上靴に履き替えた。京都三条校では教室は一足制で体育館だけは体育館シューズに替えなければならなかった。羽幌校は学校の校舎全体が二足制である。

私たちの教室は玄関の近くにあった。京都三条校と同じのシンプルな造りである。教室の入り口の壁には一年生二十八人の名前がある。私の名前を確認してみる。

あっ、あったあった。加奈様の名前も確認する。教室の中に入ると数名の生徒がいた。

「おはよう」

「ごきげんよう」

「おはよう」

みんなの顔を確認すると女子は全員が寮で朝に会ったメンバーである。窓から外を見ると、さっき見た薄紫色の可憐な花が一面に広がっていた。

「おはようございます。新入生のみなさんは体育館入り口前に集合してください」

と、放送が流れた。

「行こっか」

「はい」

私たちは体育館に向かって歩いた。体育館の前にはすでに十名以上の生徒が集合していた。

「これから整列してもらいます。名前のア行から夕行の人は右に、ナ行からワ行の人は左に並んでください」

背が高い男性の教師が前で言う。

うわっ、めっちゃイケメン。ひとみなら喜ぶだろうな。それに色が黒い。この黒さ、雪焼けだろう。きっとスキーをやっているのだろう。

整列して体育館の中に入ると、私たちは拍手で迎えられた。さっきのイケメン教師の指示で着席した。私たちの前にはすでに中学一年生の生徒たちが着席していた。わずか五名だった。体育館には中学校・高校の二、三年生や教職員たち、それに保護者たちが着席していた。

入学式は国歌斉唱から始まった。羽幌校の校長は、マクドナルド記念国際学園創設者、羅浦泰造の息子の高良だ。私たちがソフトボール部で合宿した時に歓迎の挨拶をしてくれた人だ。校長の式辞が始まった。

「みなさん入学おめでとうございます。みなさんは今日からマクドナルド記念国際学園羽幌校の中学一年生、高校一年生です。

本校は羅浦泰造先生が創立されました。羅浦先生は羽幌町焼尻で生まれました。中学校を卒業後に東京の高校に進学し、卒業後は証券会社に就職しました。いくつかの仕事を経験したのち、ラウラコーヒーチェーンをつくりました。その間に通信教育の大学で学びました。

自身が通信制の大学で学んだ経験から、全国どこに住んでいても高度な教育が受けられるように通信制の高等学校を創立しました。その後に通信制の中学校と大学・大学院を創立しました。現在では一八六校におよびます。キャンパスは海外にもあり、アジアやアメリカにも進出しています。

羅浦先生の出生地が近い羽幌校は、マクドナルド記念国際学園中学校・高校の本校です。また、校名の由来になっているラナルド・マクドナルドの日本上陸の地である焼尻島は羽幌町です。若きマクドナルドが夢見た日本にみなさんは住んでいるのです。

本校の教育目標は自主・自立・自力推進です。生徒のみなさんはぜひ個人の目標を持って、自己実現のために努力してください。三年後または六年後に、ひと回りもふた回りも大きくなった自分を夢見てください。みなさんの羽幌での学びを教職員全員で応援します。

ともにがんばりましょう」

校長の式辞が終わると新入生代表のことばだ。新入生代表は竹内あずさ。確か札幌出身で筋ジストロフィーとか言っていた生徒だ。

「薄紫のカタクリの花が咲き誇る今日の良き日に、私たち三十三名はマクドナルド記念国際学園中学校・高等学校羽幌校に入学しました。私たちは今日から三年間または六年間、この学び舎でたくさんの知識を得、たくさんの友達を作りたいと思います。教職員のみなさまにおかれましては、未熟な私たちを温かく、そして厳しくご指導ください。私たちはこの羽幌の地で地域の方たちからも多くを学び、さらに交流を深めていきたいと思っております。

今日の日から一歩を歩みだします。どうぞよろしくお願いいたします。新入生代表、竹内あずさ」

校舎の周りに咲いていたのはカタクリという花だったのだ。

その後に在校生代表のことばがあった。さらに、来賓の紹介があり、最後に羽幌校の校歌が歌われた。

「♪遠くアメリカの地からきた
　マクドナルドの夢伝える
　羽幌の地の学び舎に
　カタクリの花が咲く

　遠く日本の各地からきた
　若き私たちの夢育てる
　羽幌の地の学び舎に
　蛍の光が飛び交う」

この校歌のＣＤは三月の初め頃、京都の家に送られてきており、私も練習してきた。

入学式終了後に一年生は教室に入った。
ハマナス寮担当の山崎先生と男性の先生が入ってきた。
「みなさん椅子に座ってください」

山崎先生はみんなに静かに言った。

みんなは空いている椅子に座った。加奈様は私の横に座った。

「みなさん入学おめでとうございます。ようこそ羽幌の地に来てくれました。一年一組担任の山崎和穂です。よろしくお願いします。

私は今日の入学式に出席した二十八人が全員卒業できるように応援していきます。通信制の高校は入学することがそんなに難しくはありませんが、卒業することはなかなか難しいです。昨年度三月に羽幌校を卒業した人たちで、三年間で卒業できた人は約七十二パーセントでした。

この学校で授業を受けるのは週三日です。あとの四日をどう過ごすか、みなさんは決めていますか。図書館で自習するもよし、ボランティアに励むもよし、アルバイトに挑戦するのもよし、学生寮でのんびり過ごすのもいいでしょう。ただ、羽幌ではアルバイトの募集が少ないです。働く機会はわずかです。だらだらした生活にならずに週三日の授業に百パーセント出席して、レポートも百パーセント提出して三年間で卒業しましょう。私は三年後に笑顔でみなさんが卒業していく日を楽しみにしています。三年間がんばって勉強しましょう」

山崎先生の話が終わると男性の教師が前に立った。

「入学おめでとうございます。副担任の西山宏です。教科は日本史と世界史を担当しています。男子寮の担当もしています。趣味はサッカーをすることと家に帰って子どもと遊ぶことです。子どもは三歳の女のまりもと九か月の男の子であるヌサマイです。三年間仲良くやっていきましょう」

「それでは、隣の教室に教科書がありますので、一列に並んで取りに行ってもらいます。廊下側一列目から並んでください」

「はい」

私たちは山崎先生の指示に従って並んだ。順番に隣の教室に行き、教科書をもらった。教科書は十二冊あったので、ずっしりとした重さだ。教科書はインターネットで配信している通信制高校もあるようだが、この高校は紙にこだわっているそうである。ハマナス寮に持ち帰ってゆっくり読もう。

「明日からの時間割についてはは学校のホームページで確認してください。今日はこれで終わりです。まだ、旅の疲れがとれていない人がいると思いますので、各自学生寮や自宅でゆっくり過ごしてください。それでは、明日の授業で会いましょう。本校の登校時間は八時三十分です。学校登校二日目も全員遅刻のないようにしましょう。毎日が遅刻ゼロの日です。全員起立」

山崎先生の声に促されて私たちはさっと起立した。

「これで終わります」

「ありがとうございました」

みんなはゆっくりと教室を出た。

「いっしょに帰りましょうね」

「ええ」

私は加奈様といっしょにハマナス寮へと戻った。

「夕食の時にお会いしましょう。ごきげんよう」

「バアイ」

私は部屋に入るとベッドの上に倒れた。疲れた。加奈様以外はだれとも話をしなかったが、京都三条校の雰囲気と大きな違いはない。やっぱりここはマクドナルド記念国際学園なのだ。羅浦泰造の建学の精神が生きているような感じがする。今の気持ちをお母さんとひとみにメールしとこう。

それからどのくらい経ったのだろうか。私は人の気配で目が覚めた。

「あっ」

加奈様が私の顔をのぞいている。

「ごめんなさい。舞様の部屋のドアを何回ノックしても出ていらっしゃらないので無断で中に入ってきてしまって。そうしたら、舞様が制服のままでベッドの上に倒れていらっしゃったので、心配で舞様のお顔を見つめていたのよ」

「ああ、ごめん。心配かけて、単に疲れてしまって眠っていただけなんだ」

「あーら、そうだったの。よかったわ。もう夕食の時間よ。行きましょう」

「うん。ちょっと待ってね。部屋着に着替えるから」

「いいってことよ」

私は急いで制服から部屋着に着替えた。ふっと前を見ると加奈様が私の着替えをじっと見ている。なんだこいつ、女の子が服を着替えるのがめずらしいのか。なんか、きしょい
(気持ち悪い)こいつ。

「舞様の胸って豊かね。うらやましいわ」

「えーえ。そんなこと言われたのは初めてよ」

中学校時代に更衣室で着替えた時、ちらっとひとみの胸を見たが、私よりずっと大きかった記憶がかすかにある。でも、口に出したりはしなかった。

「どうしたら、そんなに大きくなるの」

「そんなのわかんない。お母さんが大きいほうだから似たのかな」

「私のママは大きいけど私は小さいわ。ママは整形したのかな」

「…………」

そんなの、なんとも言えんわ。

「加奈、悩んじゃうわ」

「…………」

好きにしてぇ。

「食堂に行かなくちゃ」

「あら、そうね。つまらないこと言ってごめんなさいね」

私と加奈様は食堂に行った。いつものテーブルはすでに他の生徒がいる。食堂を見渡すと一番前のテーブルが空いていた。

「あそこに座りましょうか」

「うん」

私たちが座るとすぐ、山崎先生が入ってきて前に立った。

「おばんです。今日の入学式はどうでしたか。新入生代表のことばを言った竹内さん、感想を言ってください。あっ、座ったままでいいですよ」

「えーと。とても緊張しました。でも、つまらず言えて、よかったと思います。自己採点で六十点ぐらいだと思います」

いえ、いえ、それは謙遜。私の採点だと九十点ぐらいかな。

「そうですか。とても上手に言えてましたよ。もう一人感想を言ってもらいましょう。高木さん」

えっ私、何を言っていいかわからない。とりあえず立ち上がった。

「えーっと。私も緊張しました。それからマクドナルド学園に入って良かったと思いました。それから羽幌に来て良かったと思いました」

やっとこれだけ言えた。

「それは良かったですね。卒業までずっと良かったが続けばいいですね。入学式の感想はここまでとして、ゴミ捨ての話です。みなさんが今まで住んでいた自治体でもそうだったと思いますが、羽幌町もゴミの分別収集を推進しています。各階にゴミステーションがありますので、そこに表記しているようにゴミを分別して捨ててください。決してゴミステーション以外に捨てないでください。それでは夕食になりますが、今日は入学式でしたのでお祝い献立です。羽幌産の牛ステーキが一枚つきます」

おーっという歓声が小さく起こった。

「それでは夕食にしてください」

みんなはすばやく配膳台の前に列をつくった。いつもの大皿の手前に調理担当の杉下さんが立っていた。

「おめでとうございます」

杉下さんは一人ひとりに笑顔で声をかけながら、みんなのトレイにステーキを配ってくれた。

「ありがとうございます」

「ありがとうございます」

私たちも笑顔で返した。

私と加奈様はトレイに食べ物を載せると一番前のテーブルに戻った。

「さぁ、いただきましょう」

「いっただきます」

私は久しぶりのステーキにかぶりついた。

私の家ではゴロンタが来てから肉が出てくる回数が減り、魚の回数が増えた。たまに肉が出てきても薄ペラの焼き肉だ。こんな厚い肉を食べるのは何年振りだろうか。こんな分厚い肉を食べられるなんて羽幌に来てラッキーだ。

加奈様を見るとナイフとフォークを使って上品に食べている。気取ってるな、こいつ。東京の良家のお嬢様かなんか知らないけど、おもろいやつだ。

私はがつがつと食べた。昼からずっと眠っていたわりにお腹が空いている。食べることが私の唯一の趣味だから、まぁいいか。私と加奈様は何の会話もなく食べ終えた。

「ああ、おいしかった」

「おいしくいただきました」

「部屋に帰ろうか」

「今日はお茶会なくて」

「ないない。また、今度」

「あーら残念。また、誘ってくださいな」

「あいよ」

私は部屋に戻り、お母さんとひとみにメールを送った。寝るまでに二人からのメールは返ってこなかった。二人ともいろいろ忙しいのだろう。私はこの羽幌で一人生きていくしかないのだ。

しょうがない、自分で選んだ道だから。あの加奈様と羽幌でひっそりと生きていこう。その先はまだわからない。その先は三年間で見つけられるだろう。京都の夢を見られますように、おやすみお母さん、ひとみ……涙。

水産実習

次の日から授業が始まった。と言っても一、二校時は学校生活全般、三校時は水産、四校時は農業、五校時は工業、六校時は商業の、それぞれオリエンテーション。つまりこの一年間に何を学ぶかの説明であった。

私が気になったのはカヌーを体験することであった。幌《ほろ》加内《かない》水産実習センターが羽幌の東側の地域にあるそうで、そこでカヌーの体験学習があるようだ。幌加内には石狩川の支流である雨竜川があり、そこでカヌー体験、魚釣りと貝採りの授業があるのだ。また、七月になると釧路湿原まで行ってのカヌー体験があるという。

さらに、一月、二月になると同じ幌加内にある朱鞠内《しゅまりない》湖に行ってワカサギ釣りの体験学習がある。でも、朱鞠内は冬になるとマイナス三十度になることもあるらしい。なんかめっちゃ寒そうだ。でも、京都にいては体験できないことなので嬉しい。お母さんやひとみに体験をメールできそう。

また、羽幌水産実習センターでは、素潜りや潜水服をつけたもぐりの体験学習があるそうである。卒業生の中には東北の三陸海岸や三重県の志摩で海女さんとして活躍している人もいるとか。

私は泳ぎが苦手なのでちょっと心配だ。小学校一年生の時にお母さんがスイミングスクールに連れていってくれたけど、三回行って、やめてしまった。中学生になって体育の授業で水泳があったが、私は満足に泳げずに毎年、水泳の補習を受けていたっけ。

ちょっと心配もあるが、期待が大きく広がるオリエンテーションであった。

その水産実習が四月中旬にあった。その日は六時にマクドナルド学園をマイクロバス二台で出発した。峠を越える辺りはまだ雪がところどころに残っていた。かなり寒そうである。マイクロバスで一時間ほど走り、幌加内水産実習センターに着いた。

到着すると食堂に案内された。朝食をとるのだ。おにぎりが二個ずつ配られた。とても大きいおにぎりだ。おにぎりのそばにたくあんが二枚ついている。それから、みそ汁が配られた。中を見るとじゃがいもと油揚げが入っている。みんなで「いただきます」と言って食べた。なんか素朴な味だ。

午前中は魚釣りの体験学習だ。水産実習センターのそばを流れている雨竜川の支流まで十分ほど歩いた。今の季節は、こちらの支流がよく釣れるそうである。釣れる魚はうぐい、やまべ、かじか、どじょうなどだそうだ。私は魚の種類を聞いても、どれがどれか見分けがつかない。

川沿いの細い道を通って、少し広場になっている釣り場に着いた。みんなに釣りざおが渡された。私は釣りをするのが初めてだ。生徒が三つのグループに分けられ、私は水産担当の木内先生のグループに入った。最初にさおの使い方、次に餌の付け方の説明があった。餌はミミズだ。私にはとっても無理だ。私はミミズのルアーが付いた釣りざおを受け取った。

羽菜を見ると、なんとルアーなしの釣りざおを持っている。こいつなかなかやるな。城陽ではミミズと遊んでいたのか。

私は加奈様の隣でさおを下ろした。

魚さん、私のところにやって来て。

現実は、そんなに甘くはなかった。　加奈様は二十分ほどでうぐいを一匹釣り上げた。

私は結局、三時間ほど粘ったが一匹も釣れなかった。加奈様はうぐいを二匹という結果。

羽菜はうぐいが二匹で、かじかが一匹、どじょうを一匹釣った。それで私は、この三種類の魚の見分けができるようになった。それがこの日の成果かな。

加奈様は、お父さんに渓流釣りに連れていってもらった経験があるそうだ。やっぱり経験が大切なのだ。私は小さな頃に京都の動物園にお父さんとお母さんといっしょに行ったことぐらいしかないな。

水産実習センターに戻り、野外調理実習コーナーで魚を焼いてもらうと、辺りが魚の焼いた匂いでいっぱいになった。私もうぐいを一匹もらって食べた。次は私も一匹は釣らなくちゃと思った。

みんなで食堂に戻り、幌加内名物のそばを食べた。山菜そばであった。フキ、ゼンマイ、キノコなどが入っていた。田舎の感じがする味である。そばの汁の色が濃い。でも、そんなに味が辛いわけではない。

食事が終わり休憩も終わると私たちはマイクロバスに乗り、羽幌に向かった。ところどころにカタクリの花がひっそりと咲いていた。

マクドナルド学園の校舎には三時三十分頃に着いた。私は疲れたのでハマナス寮に戻るとベッドの上に横になった。

人の声で目が覚めると、加奈様の顔がそこにあった。今度はビックリしなかった。

「加奈様、おはよう」

「ごきげんよう。夕食の時間が迫ってますよ」

「あいよ。ありがとう。服を着替えるからちょっと待っててね」

「ええ」

私が服を着替えだすとまた、じっと見ていた。そういえば、加奈様とは一度もいっしょに風呂に入ったことがないな。なんかわけがあるのかな。今度、誘ってみようかな。

「さぁ、オッケーよ」

「ええ、参りましょう」

ハマナス寮の食事は入寮した頃はめずらしくて、とてもおいしく食べていたが、もう二十日近く経つとなんとなくここの味に飽きてきた感じがする。お母さんの作った料理が食べたい。五月の連休はやっぱり帰ろうかな。

私は食べたあとに加奈様を風呂に誘ってみた。

「ありがとう。悪いけど今日は遠慮しておきますわ」

「ええっ、なんで」

「風邪ぎみなので今日の入浴はやめておくわ」

「それなら、風邪が治ってからきっとよ」

「ええ。そうしますわ。舞様とお風呂に入ることを楽しみにしてますわ」

加奈様は小さな声でささやいた。なんか楽しみにしているなんて感じられないな。まあ、いいか。いつかいっしょに風呂に入ってやるぞ。

連休の帰省

五月の連休の初日に、私は伊丹行きの飛行機の中にいた。キャンセル待ちで、どうにか乗れた。飛行機は完全に満席だ。北海道には関西出身の学生や単身赴任で来ているサラリーマンが多いんだな。

昨日の夜に羽幌をバスで出発し、今朝、札幌に着いた。それからＪＲに乗り換えて千歳に着いた。千歳でお土産を買った。をどりには札幌・円山動物園のホッキョクグマのマスコット人形を、お母さんには七花苑のお菓子を買った。喜んでくれるかな。

飛行機は快適な乗り心地であった。音楽を聴きながらうとうとしている間に伊丹に着いた。

懐かしき伊丹空港である。空港ターミナルに出るとボァッと温かい。この温かいのが京都まで続く。やっと帰ってきたという実感が湧く。

空港バスで京都駅まで行く。このバスも大変混みあっていて、二十分ほど並び、どうにか京都行きに乗れた。

京都駅からバスで岡崎の家の近くまで行く。バスターミナルも人がいっぱいで、十分ほど並んでようやく乗れた。このバスは強烈に満員で息苦しい。小さな子どもたちはもみくちゃになり、かわいそうである。私は一メートル五十九センチになり、理想としていた一メートル六十センチに達する可能性が出てきた。できればお母さんの一メートル六十一センチを超えたい。まあ、これは私の努力ではどうにもならない。そんなことを考えている間に岡崎のバス停に着いた。

懐かしき私の家まで歩いていくのがもどかしい。急ぎ足で歩く。家の前に着くと隣の家のキクがワンワンワンワンとハデに吠えて歓迎してくれた。

「ただいま」

「お帰り舞ちゃん。疲れたでしょう」

お母さんがをどりを抱っこして玄関に出てきた。私はお母さんからをどりを受け取り、抱っこした。

うん、確かにこの一か月の間にずっしりと重たくなっている。

「舞ちゃんお帰り」

後ろからのっそりゴロンタが現れた。この人にはあんまり会いたくないのだ。本人は知らないようだが。

「二階に行って着替えてくる」

「そうして」

私はをどりを床に下ろすと、二階の私の部屋に行った。私の部屋は窓が開けられていて、涼しい風が入ってきている。さわやかな感じだ。羽幌では、まだ風は冷たい。

部屋の中は私が出発した時とまったく同じだ。時が過ぎたことを忘れてしまう。私は旅行バッグの中からお土産の二つを持って一階に下りた。

「をどりにお土産よ。はい」

をどりは嬉しそうにキャキャキャッと、言っている。

「お姉ちゃんが開けてあげるね」

私は一度、をどりから紙袋を受け取ると、紙袋の中からホッキョクグマを取り出して渡した。をどりは何かわからないようだったが、頭をなぜたり背中をたたいたりしていた。

「お母さんにも七花苑のお菓子よ。幹也さんといっしょに食べてね」

幹也さんといっしょに食べてね。なんて言いたくなかったが、お母さんにもゴマをすっておかなくてはと思ったのだ。

「お母さんは七花苑好きよ。ちょうど食べてみたいと思っていたところよ。嬉しいわ。ありがとう」

「そう。よかった」

お母さんは本当に七花苑のお菓子を食べたかったどうかわからないが、そう言ってくれたことが嬉しかった。

この日の夕食は、ゴロンタが絵画教室の仕事のために出かけたので、私、お母さんとをどりの三人で食べることができた。ゴロンタがいると、何かと私とお母さんとの会話の中に入ってくるから嫌いだ。ゴロンタのことばを無視すると、お母さんの機嫌が悪くなるから適当に話をする。私にとっては苦痛だ。をどりはまだ赤ちゃんことばだが、なんとなく気持ちが通じ合う。さすがに血のつながりある姉妹なのだ。

お母さんは私の大好きな茶碗蒸しを丼で作ってくれた。

「茶碗蒸し、多すぎたら残していいからね」

「うん。ありがとう。いただきます」

隣のをどりは子ども用の椅子に座っている。

「をどり、お姉ちゃんが食べさせてあげる」

「そうしてくれると嬉しいわ」

私はをどりのスプーンを持って、「ハーイ。アーン」と言って、皿の上に置いて冷ましてある茶碗むしを小さな口の中に入れた。をどりは嬉しそうに口を動かした。でも、おとなしく食べていたのは五分ぐらいで、をどりは私からスプーンを取り上げると自分で食べ始めた。口の周りは食べ物がついて、ぐちゃぐちゃである。そのうちにスプーンを置いて、手でつかんで食べている。をどりは私のいなかった一か月の間に赤ちゃんを卒業しようとしているのだな。をどりは日々成長しているんだ。私ものんびりしていると追いつかれて、そのうちにライバルになってしまうのかな。まぁ、その日が来るのが楽しみだ。

私はきゅうりの酢の物を口の中に入れた。甘酸っぱい味が口の中に広がる。これぞお母さんの味だ。帰ってきてよかった。私の胃を満足させてくれる。ブリの照り焼きはちょっと苦手だ。これはゴロンタの好みだろう。

そういえばゴロンタは、二年前の秋ごろからゴロゴロしているところを見たことがない。ゴロンタというあだ名を変えてあげようか。何がいいだろうか。ノッソリかな、モッタリかな。モッタリにしておこう。

すまし汁には鯛の切り身が入っている。これは新バージョンである。ゴロンタ、じゃなかったモッタリの好みだろうか。私はご飯を二度もおかわりした。加奈様を見習って、炭水化物減量ダイエットを三日前からしていたことを忘れていた。これでは太るよな。ダイエットは明日からにしよう。

「お母さん、ごちそうさまでした。すごくおいしかったよ。ありがとう」

「舞ちゃんがたくさん食べてくれて嬉しいわ。舞ちゃんの好きな煎茶を出すわね。新茶よ。三歩堂さんが届けてくれたのよ」

「あーあ。あの白髪のおっちゃんね」

「そうよ、田口さんよ。舞ちゃんが赤ちゃんの頃から三歩堂さんのお茶をいただいているのよ」

「ふーん。そういえば家のお茶はずっと三歩堂なんやね」

「私は三歩堂さんのお茶が好きよ。はい、どうぞ」

私はお母さんが淹れてくれた煎茶を口の中に含んだ。これが新茶の味か。羽幌に持っていった煎茶の葉とは違う。羽幌に持ち帰って、加奈様に飲ませてあげよう。

「素敵な味だわ」とか言うな。あのかっこつけ女。

京都に帰ってきた夜は、お母さんの味を堪能することができた。お母さんは私の食いっぷりに安心したのか、羽幌のことは何も聞かなかった。

次の日は朝十時からひとみと待ち合わせをした。いつもの動物園ではなくて、今度は四条大橋東側にある出雲阿国像の前にした。ひとみは地下にある京阪祇園四条駅からどどっという感じで、駆け上がってきた。

「舞、会いたかった」と言うと、ひとみは私に抱きついてきた。

「私も会いたかった」

中学校時代は、授業のある日でひとみと会わなかった日はなかった。ひとみとは動物園で別れて以来だ。それにしてもすごい力だ。ひとみが強く抱きつくので、胸が苦しい。息ができない。

「ひとみ、苦しい」

「ああ、ごめんごめん」

少し離れてひとみの顔を見ると、涙ぐんでいた。ひとみの涙を見るのは卒業式以来だ。ひとみが私のために涙を流してくれたことに感激する。私はひとみに信頼されている友達なんだと感じる。私にそんな価値があったことが嬉しい。

「舞、元気でいたんやな。羽幌の女子寮のご飯はおいしいかい」

「うん。あの合宿の時と同じでおいしいよ」

「それはよかった。向こうの学校ではいじめられてへんかい」

「だいじょうぶ。楽しくやってるよ」

「そうかい。安心した。うちはいろいろあるねん」

「ゆっくり聞かせてね」

「うん。舞、南座の近くのカフェのソフトクリーム、めっちゃおいしいんや。そこに行こう」

「うん」


私はひとみについて、そのカフェについていった。四条通りを渡って、行ってみると行列ができていた。

「ここ。並ぼうか」

「うん」

私はひとみの後ろに並んだ。中学生か高校生が多くいる。十五分ほど待って抹茶味のソフトクリームを買うことができた。

「鴨川の河原に行かへん」

「うん」

私とひとみは川端通りを渡り、鴨川の河原に行った。

「あすこに座ろう」

「うん」

「このクリームおいしいやろ」

「そうだね」

柔らかくて、抹茶の苦みもおいしい。

「うちは陽翔のこと諦めて、今は同じダンススクールの直人と付き合っているんや」

「ふぅーん。どんな人」

「身長が一メートル七十三センチで、けっこうイケメンやで。細身だけど小学生の時に空手をやっていたから体は筋肉質で硬いんや」

「ふうーん。それはよかったね」

「舞はできた？」

「女の友達なら」

「どんなやつや」

「どんなって、日本舞踊をやっている東京育ちのお嬢様。私のことを舞様っていつも呼ぶの」

「なんかきしょいやつやな。でも、舞にはぴったりやん」

「まぁ、そうかな」

この河原は風が流れていて涼しい。なんか周りはカップルが多い。でも、女性二人組もけっこういる。

「部活は何に入った」

「まだ、この休みが終わってからなの。地域の青年会と時間を合わせるとかで、夜の七時三十分から一時間三十分ほどよ」

「なんかしょぼいな」

「ひとみは何か入った？」

「マクドの部活には入ってへん。ダンススクールは朝十時からずっと、夜十時までや」

「そんなやって疲れへん？」

「適当に中抜きしてやってるけど。七月の初めに発表会があるねん。舞が京都に帰ってくる前にだけどな」

「ふぅーん。残念やわ。ひとみのダンス見たかったわ」

「まぁ、まだ一年目だから発表会ではバックばっかりだと思う」

「ふぅーん。そうなの」

「というわけで、うち戻らなきゃならんねん」

「あーら、そうなの」

「うん。そうなんや。ごめん、夏にはゆっくり会おう」

「うん」

「舞に会えて嬉しかった。がんばれや。じゃバイ」

「バイバイ」

ひとみは慌ただしく走り去っていった。でも、久しぶりにひとみに会えて嬉しかった。相変わらずパワーを感じる。ひとみと会っていると元気がもらえる。

京都の家に帰ってこようかちょっと迷ったけど、お母さんの料理を食べることができ、元気なひとみに会えてよかった。

満足、満足という思いを残し、私は再び飛行機に乗っていた。連休中のチケットは取れなかったので、学校は一日休みにした。それでも、飛行機は満席であった。

おやつタイム

マクドナルド記念国際学園羽幌校のハマナス寮に着いたのは夕方の五時頃であった。夕食には間に合った。

服を着替えてベッドの上で一休みしていると眠たくなってきそうだったので、起き上がって旅行カバンからお土産やら、夏用の服などを出して引き出しの中に入れた。羽幌では夏用の服を着るのは一か月以上先のことだろう。そんなことをしていると夕食の時間がきた。

ドアを開ける、といるだろうな。あのかっこつけ女。

そっとドアを開け、周りを見渡すと、いた、いた。階段のところからこちらを見ている。

加奈様は私に近づいてきて、にこやかに「ごきげんよう」と言った。

「やあ、こんばんは」

「舞様は昨日の夕方に帰ってくると思っていたのに、いらっしゃらなかったので寂しかったわ。でも、一日遅れで舞様の元気な姿を見ることができ、嬉しいわ」

「あっ、そう」

「あら、なんとつれないことば」

「ごめんごめん、疲れているもんで」

「あーら、そうなの。食事が終わったら早くお休みになってね」

「加奈様に京都のお土産も買ってきたし、あとで渡すし」

「私も舞様のために六本木ワカモノズカのケーキを買ってきたわ」

「ふーん。それって東京では有名なの」

「ええ、もちろんよ」

それで、夕食を終わったあとで私は六本木ワカモノズカのケーキを食べることになった。

私はお土産の煎茶と生七つ川を持って加奈様の部屋に向かった。

「加奈様、これ京都三歩堂の煎茶と生七つ川よ」

「あーら、嬉しい。中学校で京都へ修学旅行に行った時に食べたわ。京都らしい味よね。あの時以来だわ」

「ふぅーん。それはよかった」

「でも、今日はワカモノズカのケーキをいただきましょう」

「うん」

「レアーズの紅茶も買ってきたの」

「ふーん。それも東京では有名なの」

「もちろんよ」

「へえ。そうなん」

加奈様は紅茶を淹れてくれた。一口飲んでみたが、そんなにおいしいとは思わない。

「いかがしら、紅茶のお味は」

「まぁまぁかな」

「あーら。そうなの残念ね。私はレアーズの香りが大好きよ。それにこのまろやかな味も大好きなの」

「ふーぅーん。私は紅茶の香りも味もよくわかんない。みんな同じようにしか感じない」

「あーら、残念ね」

「あっ、ごめんね。せっかく東京から紅茶を買ってきてくれたのに」

「いいえ。香りや味の感じ方が人によって違うのは当たり前ね」

そうかもしれない。ケーキを一口食べてみた。これも京都のケーキの味とあんまり変わらんな。

「わっ、さすが六本木のケーキね。おいしいな」と言っておいた。

「ありがとう。そう言ってもらって嬉しいわ」

加奈様にもゴマすっておけば、将来なにかご利益があるかもしれない。ともかく今日はおいしいおいしいと言って食べておこう。

羽幌に帰った最初の夜は、不覚にも加奈様の部屋で過ごしてしまった。朝、明るくなって目を覚ますと私は加奈様のベッドの上にいた。私の顔の隣に加奈様の顔があった。私は加奈様に気づかれぬようにベッドから下りた。加奈様のテーブルの上に「昨日はありがとう。部屋に帰ります」と書いたメモ用紙を置いた。

部屋に帰って、寝直した。でも、なぜ私が加奈様のベッドの上に行ったか、なんにも覚えていない。あとで聞いてみよう。それから、加奈様が女の子でよかった。私はどこでも眠ってしまう癖があるのかな。これからは気をつけよう。

次は目覚まし時計のチャイムで目が覚めた。私は急いで顔を洗って廊下に出た。

「ごきげんよう」

「おはよう。昨日はごめん、私ケーキを食べながら眠ってしまったの?」

「いいえ。ケーキは全部食べられたわ。それから京都のことをいろいろ話してくださったわ」

「ふーん。そうだったの、ぜんぜん覚えていないな。私、加奈様のベッドまで一人で歩いていったの?」

「そうよ。眠たそうだったので、私がすすめたのよ」

「うーん。覚えてないな。まぁ、ありがとう」

「いいえ。どういたしまして。よければ今夜も」

「だめ、だめ。ハマナス寮の決まりで就寝は自室ですることとなってるよ」

「あら、そうだったかしら」

「山崎先生にばれたら、やばいよ、きっと」

「そんなに心配することはないと思いますけど」

「やめとこ。それより今晩は私の部屋に来て、三歩堂の煎茶を飲みながら、生七つ川を食べようよ」

「ありがとうございます。そうさせていただくわ」

この日はあいにくの雨が降っている。食堂の窓から外を見ると木々が大きく揺れている。羽幌は海が近いためか、京都に比べると風の強い日が多いように感じる。ハマナス寮から高校の校舎へ登校するまでのわずかな距離で、服がすっかり濡れてしまった。教室に暖房が入っていたので、服は三校時頃にはすっかり乾いていた。五月になっても暖房が入るなんて、さすがに北海道の高校だ。

一校時の国語の授業で吉村昭作『黒船』を習う。ラナルド・マクドナルドが焼尻島にたどり着く場面があった。当時の状況がしのばれる。

五、六校時は農業実習だ。マイクロバスで桧山ファームを見学に行く。ここでは乳牛二五十頭を飼っているそうだ。牛舎の中に入ると強烈な牛の臭いがする。牛たちがのんびりと餌を食べている。

案内をしてくれた桧山さん以外に人影が見えない。桧山さんの話によれば、牛の餌やり、牛舎の清掃、搾乳などのほとんどを機械と作業ロボットがしてくれるそうで、人は家からモニターテレビを見ていればいいらしい。直接、牛に餌をやったり、体を洗ったり、搾乳したりすることはなく、疲れるのは体というより目だという。目薬を差しながらモニターテレビを見る生活を送っているそうである。私の思っていた酪農のイメージとは、まったく違っていた。

　その日の夜、夕食後に加奈様は私の部屋にやってきた。

「嬉しいわ。舞様といっしょにお茶をいただけるなんて。さすがに京都育ちよね」

「京都の女の子がみんなお茶を習っているわけではなく、私の家はお母さんが日本舞踊を教えている関係で、家でも日本茶をよく飲むのよ」

「あっ、京都のコーヒーといえば、あの西川コーヒーよね」

「えっ、西川コーヒー知ってる。うちでもモッタリが来てからずっと西川コーヒーよ」

「モッタリってだれ」

「あぁぁ。飼っている猫の名前」

「舞様の家では猫がコーヒー飲むの？」

「うん。まぁ、ぜいたくなやつで、コーヒーもビールも飲むの」

「ええ。ビールなんか飲ませてだいじょうぶなの」

「だいじょうぶ。ビールが好きなのよ」

「なんかおもしろい猫ね」

「二年ほど前に子猫ができてからは、ビールを飲んでゴロゴロすることは減ったの」

「その猫を一度見てみたいわ」

「だめだろうな。この頃は外をうろついていることが多くなって、家にいないの」

「そうなの」

モッタリめ、加奈様の頭の中では猫になったのだ。

「生七つ川を食べるのはずいぶん久しぶりよ。京都の人と友達になってよかったわ」

「そう」

「京都のお家でも、よく生七つ川食べるの」

「そんなことないよ。たまあによ。お母さんのお弟子さんの中で買ってきてくれる人がいるん」

「そうなの。私、これでおいとまするわ。ごきげんよう」

「早いのね。じゃバイバイ」

この夜はお母さんとひとみに農業実習の体験をメールした。

ソフトボール再開

五月中旬にやっと初めての部活の集まりがあった。私は迷ったが、やっぱりソフトボール部にした。地域の青年会といっしょである。青年会といっても上は三十五歳までなので、なんかおっちゃんみたいな人もいる。男女混合なのだが、男性が多い。女子は三年生の太田さんと、体育の勝山先生、地域の人で二児の母である久保さんだけである。女子の人数が少ないので歓迎してもらった。

キャプテンは二十五歳の木田さんであった。年齢のわりに髪の毛が少ない。漁協に勤めているとのことである。

自己紹介のあと、すぐに練習が始まった。準備体操、キャッチボール、守備練習、打撃練習と、いたって簡単であった。練習のリードは勝山先生がしていた。マクドナルド京都三条校の練習のほうが、レベルが高いように感じる。

打撃練習では私がピッチャーを務めた。久しぶりにしては、けっこうボールが真ん中に集まり、みんな気分よくボールを遠くに飛ばしていた。やっぱり男性のパワーはすごい。私は試合になると緊張するのか、ボールがどこに行くのかわからなくなり、フォアボールを連発する。

ここの部活では、まぁ楽しくソフトボールができそうな気がする。でも、町内では試合をする相手チームがないそうで、隣の苫前町やさらに南の留萌市まで練習試合をするために出かけていく必要があるそうだ。

六月になり、水産実習で水泳の練習が始まった。水泳は学園の室内プールで行われる。水温は二十五度に温められている。指導は体育の勝山先生が行った。

自由形で二十五メートル泳ぐのが六月の目標となっている。第一回目の水泳の授業で二十五メートルをクリアできなかったのは、城陽から来た羽菜と羽幌の北隣の村から通学している勇作、それに私の三人である。その日から水泳の補習が始まった。私は三回目の補習でどうにかクリアできた。

七月に入ると自由形で百メートルが目標になった。始めから目標をクリアできたのは十三名であった。目標を達成できなかったのは十五名、授業に出席していないのは三名であった。生徒は六月に二人増えていた。私は三十メートルほどしか泳げなかったので、また水泳の補習を受けることになった。

それから素潜りの練習が二十五メートルプールで行われた。ゴーグルをつけて、プール底にあるビー玉や石を拾ってくるのである。これも私はできなかったので、補習を受けることになった。この両方の補習は夏休みが始まるまで続いた。

ソフトボール部の初めての練習試合は、南隣の苫前町にあるママさんソフトボールクラブとの対戦であった。マクドナルド学園のソフトボール球場は、中学生の時に二度合宿で練習した懐かしの球場だ。

ひとみといっしょだった、そして祐希。こいつはだるかった。そしてローズや朋美、一学年下の香美や美穂。みんな懐かしい。思い出すと涙が出てくる。京都にいれば会えるけど羽幌に来てしまった今では簡単に会えない。勝手に羽幌に来てしまった私が悪いのだ。

ママさんチームの試合前練習を見ていると、手ごわい相手だと感じた。体は大きくないが全体的にパワーがある。みんな体が筋肉質なのだ。守備練習でも動きが速い。それに比べると、わがチームは動きが悪い。パワーの面では男性が多いので負けていないが。

試合が始まる。このチームでの私のデビュー戦である。ポジションはピッチャーだ。

相手チームの先攻。一球目を投げると私にしてはめずらしく真ん中に入った。それをジャストミートされた。ボールはレフト方向へ飛んでいく。やられた、ホームランかと思った瞬間にレフトの木田さんがジャンプしてボールをキャッチした。外野フェンスに背中を打って倒れても、ボールは落とさなかった。ナイスプレイだ。ボールを打った打者はすごいパワーだ。キャッチャーの勝山先生が駆け寄ってきた。

「ボールは低め。散らしていこう」

「はい」

まったくその通りだ。二番打者からはボール低めに、そして両サイドに散らしていくことにした。

二番打者にも低めの外角に投げたつもりが内角高めにいってしまった。それも、相手の打者の顔面近くをボールが通過した。さっき大きな当たりをされて緊張してしまったのだ。

相手の打者は大きくのけぞった。そして、かなりむっとした顔をして私を見た。私は相手の打者の視線から目をそらした。ここは無視である。

次のボールはもう一度、外角低めに投げたつもりが内角低めに入った。見逃せばボールと思われた。打者は強振した。ショートの安田さんへのライナーだった。バシッと音がした。強烈な当たりである。

「あと一人」と勝山先生が大きな声で叫ぶ。三番打者はかなり肥満体形だ。腕も太くてパワーがありそう。一球目は外角高めにそれる。それを見送られてボールである。二球目は内角低めに行ったボールを強振してサード方向に飛ぶが、ラインをわずかにそれてファールである。これも打球が速い。やっぱりパワーがある。恐るべき相手だ。三球目は外角低めに投げたつもりが、真ん中低めにいった。それもベース上でワンバンドしたボールを強振した。空振りでツーストライクである。打つ気まんまんの打者にはわざとボールを外したほうがいいなと感じた。それで、四球目はスローボールで外角に投げた。相手の打者は、ボールを待ちきれず強振してもボールがかすらずに空振り三振である。やった！　三振を取るなんて初めての体験だ。

「やったね」

　勝山先生が肩をポンポンとたたいてくれた。「すごいね高木さん」とか「エース登場だ」とみんなが言ってくれた。京都三条校でソフトボールをやっていてよかった。誘ってくれたひとみに感謝だ。

一回の裏、わがチームの攻撃である。向こうのピッチャーは相手チームでは唯一の細身で小柄だ。でも、ボールは速い。今まで対戦したピッチャーの中で、一番速いように感じる。札幌の高校でソフトボール部に入っていたとか。このチームはママさんチームだが、この人はママさんではないようだ。

一回裏は三番打者の勝山先生がライト前にヒットを打ったが、四人で攻撃が終わった。

二回表は四番打者に、センターとレフトの間を抜かれる二塁打を打たれた。ちょっと油断をしてボールが真ん中に入ってしまった。五番にはストライクが一つしか入らず、フォアボールになりランナーが一、二塁となった。勝山先生が近づいてきて、「びびっちゃだめ」と怖い顔して言う。

「はい」

私は大きな声で答えた。

六番打者はバントのかまえでいる。どうでもなれと思って投げるとボールを前に転がしてくる。勝山先生が大きく片手を上げて、私を静止した。勝山先生は慌てずボールを一塁に投げる。

ワンアウトでランナーが二、三塁となる。七番打者は一球目、外角低めを強振してくる。

ボールはレフト方向に高々と上がる。レフトの木田さんがボールを受ける。二塁ランナー、三塁ランナーがタッチアップする。ボールがサードの菅原さんに渡り、二塁ランナーはタッチアウトとなる。三塁ランナーはセーフで一点が入る。レフトの木田さんは強肩だ。

「だいじょうぶ、だいじょうぶ。一点ぐらいすぐ入る」

「はい」

私は勝山先生の言う通りと思った。気を取り直して八番打者に向かう。ツーボールから打ってきてショートゴロになる。ラッキー、一点どまりだ。

二回裏のわがチームの攻撃に入った。五番の板野さんが二球目をジャストミートする。ボールはレフトの頭を越えてスタンドに入る。やった！　ホームランだ。さすが男性のパワーはすごい。

六番の片山さんが力みすぎてショートに高く上がるフライとなる。七番の西口さんはセンター前のヒットで一塁に行く。八番の菅原さんはフォアボールを選び、ランナー一、二塁となる。

九番の私に打順が回ってくる。打席に入ってベンチの勝山先生を見ると、バントのサインが出ている。一球目外角低めをバントする。まったくバットをかすらない。二球目もバントのサインだ。今度も外角低めだ。これもまったくバットをかすらない。三球目は強打のサインだ。三球目も外角低めだ。

思い切りバットを振るとボールがフラフラッとライト方向へ上がり、白線の上にポトリと落ちた。私は必死で走る。ライトから一塁にボールが送球されてくるが、私のほうがわずかに早く、セーフ。ラッキーだ。その間に二塁ランナーが本塁に生還して二点目が入る。一塁ランナーは三塁まで行く。

一番の大越さんがレフト前にヒットを打つ。私は二塁まで走る。二番の太田さんがレフトとセンターの間を抜ける当たりを打つ。私が三塁を回る時、センター、レフトに目をやると、まだボールはセンターの辺りにある。

私はゆっくりとホームベースまで走る。このチームはなかなかの強力打線だ。大越さんは三塁まで走った。滑り込んでセーフである。三番の勝山先生は軽くレフト前に打ち返す。四点目が入る。四番の安田さんの当たりは良かったが、センターフライとなる。五番の木田さんはタイミングを外されてショートゴロになり、スリーアウトになる。

三回裏の相手の攻撃はフォアボール二つに二塁打、ヒットを打たれて二点を入れられた。なお、ワンアウトでランナー一、三塁になり、ピッチャー交代となる。私はベンチで試合を見ることになる。リリーフのピッチャーは勝山先生だ。もう三十代半ばだと思うが、ボールが私よりずっと速い。相手の打者を三振とピッチャーゴロに打ち取り、スリーアウトチェンジになる。

私はスタミナ不足を感じた。中学三年生の七月の公式戦に敗けて引退して以来、本格的に練習したのは、羽幌に来てからの四回だけだった。私は自主練習の必要性を感じた。これから授業のない日だけでも学園の周囲を走ろうかな。

結局、この日の試合は十一対二で快勝した。こんなに大きく勝ったのは、ずいぶん久しぶりのように思った。相手がママさんチームで、こちらが男性六人だったことが大きかったのかな。

勝利の打ち上げ会は道の駅にある温泉施設で行われた。ここの温泉は北海道だけあって、大変広い。浴槽も三つある。温泉で汗を流したあとは大広間で食事である。

キャプテンの木田さんの発声で乾杯した。

「乾杯」

「乾杯」

私は大好きなリンゴジュースで、渇いた喉をうるおす。これはどこのリンゴジュースかな。

「舞ちゃんのピッチング良かったよ」

右隣の上原さんが日焼けした顔で言ってくれた。ふだんは天売島で農業と漁業をしているらしく、今日は朝早くに漁船で羽幌に着いたそうである。そのため、練習の日には会ったことがなかった。夜に出発する漁船で帰るそうである。

「ばてました」

「スタミナが課題だな」

「はい」

上原さんは青年会の卒業年齢を超えているそうで、もう四十歳近くになっている。

「京都から来たんだって」

「はい」

「羽幌は寒いべさ」

「はい」

「一度、天売に遊びに来い」

「ありがとうございます」

「上原さんの家に女の子が遊び行ったとしたら、おっかあが腰抜かすべさ」

上原さんの右隣にいた西口さんがちゃかした。

「そうだな。舞ちゃんが来る三日前から大掃除だな。仏壇に向かって親父にも報告するべさ」

周りの人たちが笑った。左隣の太田さんも小さくクッと笑った。太田さんはめったに笑わない人だ。

注文していたカレーライスがやってきた。五人分だ。カレーライスは五人分しかないので、全員でカレーライスを食べることができない。あとの六人が注文した親子丼がやってきたところで、全員で「いただきます」と言って食べる。私はゆっくりゆっくりと味わいながら、カレーライスを口の中に入れる。やっぱり私は食べる時が一番嬉しい。

カレーライスを食べ終わったあとは、上原さんが全員にソフトクリームをごちそうしてくれた。青年会卒業生はこんな場面に出てくると、現役の人たちにごちそうしなければならない慣習があるそうだ。

今頃、加奈様は、和木先生のところで踊りの練習をしているだろう。お母さんといっしょで日本舞踊大好き人間だ。

天売島でのＢＢＱ

ソフトボールの試合で知り合った天売島の上原さんの自宅を訪ねることになった。いっしょに行くことになったのは、太田さん、加奈様、お目付役の勝山先生の四人である。六月下旬の日曜日に羽幌のフェリーターミナルから出発した。

この日は朝からきれいな青空だ。京都は今頃、梅雨入りしていて雨の日が続いているだろう。六月下旬になっても青空を見ることができるのが北海道の気候の良さだ。

羽幌からフェリーに乗るのは、中学生の時にソフトボール部の合宿に来た時以来だ。あの時は、焼尻島に行った。天売島はその先にある。羽幌からフェリーで一時間三十分ほどかかる。

太田さんは相変わらずつまらなそうな顔をしている。中学校にいた祐希に似ている。加奈様はうっとりした顔で窓の外を見つめている。夢見る少女の顔だ。どんな夢を見ているのだろう。勝山先生もつまらなそうにしていてフェリーの中でずっと眠っていた。疲れがたまっているのだろう。

私は中学校時代を思い出しながら、初めて行く天売島のことを思い浮かべながら、るんるんとした顔をしていると思う。きっと。

フェリーは焼尻島を経て天売島へと向かった。焼尻島では自転車で走った道路が見えた。懐かしいな。ひとみのことが思い出された。今はどうしているのかな。ダンススクールでがんばっているのかな。高校へは行っているのかな。

ひとみ、私は焼尻島の近くにいるのよ。

フェリーは静かに西へ向かって走っている。私は、そっと海を眺めていた。今日はなんか眠くない。お母さんは今頃何をしているのかな。やっぱり踊りを教えているのかな。いいかげんに飽きないのかな。私にとっては不思議なことだ。私が飽きやすいのかな。

やがて、窓から島が見えてきた。フェリーは少しずつスピードを落とし始めて、岸壁が見えてくる頃にはかなりゆっくりした動きになっていた。フェリーは岸壁に静かに接岸し、綱が投げられる。渡し板が取り付けられ、下船を促す放送が流れる。私たちも荷物を持ち、渡し板を渡った。上原さんが手を振っている。私たちを迎えに来てくれたのだ。

「よく来てくれたな」

上原さんは満面の笑みで言う。

「お世話になります」

勝山先生も笑みで答える。

「お世話になります」

私たちも笑みを浮かべ答える。

「この人は東条さん、私の友達なの。今日は日本舞踊の練習日だったのを断って来てもらったの」

加奈様は静かに頭を下げた。

ワァー、やっぱり色っぽいわ。

「高校生だというのに色っぽいな」

上原さんも同じように感じたのだろう。

「高級車で迎えに来たから、乗ってくれ」

上原さんは駐車場に停まっている車を指差した。

「いつもは軽トラックかトラクターに乗っているから、この車はめったに乗らんのさ。今日みたいな日が来ると思って買ったべさ。さぁ、さぁ乗った乗った」

私は車のことはよくわからないけど、なんか高級車という雰囲気がある車だ。私たちが車に乗ると、ゆっくりと動きだした。駐車場を出ると車は坂道を上り始め、高台を走る。左側に海がキラキラと輝いて見える。今日は波が少ししかなく、穏やかだ。帰る時もこんなだといいな。

やがて車は上原さんの家で停まった。壁が白くて白亜の殿堂という感じの家だ。

「よく来てくれたね」

家から白髪まじりの女性が出てきた。上原さんの母親らしい。

「俺のお袋」

「こんにちは。大勢で押しかけてすいません。おじゃまします」

勝山先生がていねいに頭を下げる。

「こんにちは」

「こんにちは」

私たちは口々に言った。

「何もないけど、羊の肉だけはたくさんあるので食べてって」

「ありがとうございます」

勝山先生が頭を下げながら言った。

「ありがとうございます」

「ありがとうございます」

私たちも頭を下げた。

「これ持ってきたので、どうぞ食べてください」

勝山先生が包みを上原さんのお母さんに渡した。

「ありがとう。気を遣ってもらわんでもいいのに」

「そうだべさ。何も持ってこんでもいいべさ」

包みの中身はバナナとイチゴなのだ。勝山先生がコンビニに行って買ってきたものだ。

「こっちに来て」

私たちは上原さんのあとについて庭へと行った。庭は三面がバラで囲まれていた。うわあっ、すごくきれい。バラ園に来たみたい。その真ん中に白いテーブルがあって、そばにジンギスカンの鍋が置いてある。テーブルの上には、野菜が大きな皿に盛ってあった。

「たくさん食べて。焼尻の肉買っといたからな」

「ありがとう。上原さんお金使わせてしまったね」

「いいべさ。この島にいたら金なんか使うことないからな」

「遠慮なくいただくわ。ね」

「はい」

私たちはニッコリ笑ってうなずいた。今日は羊の肉をたくさん食べられるぞ。でも、焼尻島で見た羊を思い浮かべると、なんかかわいそうな気がした。それは忘れよう。

「たくさん食べてな」

上原さんのお母さんが大きなボウルに入った羊の肉を持ってきてくれた。

「さぁ、食べるぞ」

上原さんはコンロに火をつけた。中に入っている白樺の皮が勢いよく燃えてきた。ジンギスカンの鍋に脂を塗り、羊の肉を置くと、ジュッと音を立て白い煙が上がった。鍋の周りにピーマン、ニンジン、玉ねぎなどの野菜を置いた。すごく手際よい。慣れている。

「いつもここで食べるのですか」

「うん。まぁな。近所の人や学校の先生を呼んだりな」

この島にも小学校や中学校があるのだ。それに高等学校もある。全国一小規模の高等学校だ。この学校をモデルにした映画が作られている。私は小学校六年の時にＤＶＤを借りてきて見た記憶がある。

肉や野菜を上原さんが手際よくひっくり返している。私たちが手を出すことが何もない。

「さぁ、みんな食べて食べて」

私たちはいっせいに箸を持って小皿の上に肉や野菜を置いた。

「いただきます」

「いただきます」

「いただきます」

おいしい。ハマナス寮で食べる羊の肉よりずっとおいしい。肉が柔らかい。焼尻島の羊さんごめんなさい。私はあなた方のうちの一頭を食べているんだもの。

「おいしいね」

「おいしいね」

みんなが口々に言う。

「そうだべさ」

上原さんはニコニコ顔だ。

「腹いっぱい食べてくれ」

「はい」

「はぁーい」

みんなもニコニコ顔で答える。

羽幌に来てよかった。こんなおいしいものが食べられるんだもの。ひとみにも食べさせてあげたい。をどりにはまだ無理かな。夏休みにこの羊の肉を持って帰ろう。羽幌の街で売っているところがあるかな。

「上原さん、この羊の肉は羽幌のどこかで売っているところあるんですか」

「あーそれなら、コンビニのアカシアマートで売っているべさ」

「えっ、あそこに売っているんですか」

「うん。京都に送ってやれよ。母ちゃん喜ぶぞ」

加奈様がふっと寂しそうな顔をした。加奈様は東京のお父さんのところには送らないのだろうか。

私たちが一心不乱になって食べたものだから、あんなにたくさんあった羊の肉も野菜もなくなってしまった。

「おにぎりも食べてね」

上原さんのお母さんが大きな皿におにぎりを載せてやって来た。

「ありがとうございます」

「いただきます」

「いただきます」

私たちはおにぎりに手を伸ばした。

「おいしい」

「おいしいね」

「この米は羽幌のキタホタルだべさ」

上原さんは嬉しそう。

私は炭水化物減量ダイエットのことを忘れて、おにぎりを四つも食べた。加奈様は一個だけだった。偉い！

お腹がいっぱいだ。みんな満足そうだ。

「さぁ、みんなで片付けようか」

勝山先生が私たちの顔を見ながら言った。

「はい」

「はい」

「はぁーい」

「気を遣わなくていいべさ。母ちゃんがあとで洗うから」

「心配してくれなくていいよ。このぐらい慣れてるよ」

「だいじょぶだよ。食後の運動よ。さぁ、動いた動いた」

「はい」

私たちは食器を集め始めた。

「いいのにな」

と言いながら、上原さんも食器を集めていた。

「台所はどこ？」

「ああ、すいませんね」

上原さんのお母さんは居間の奥を指差した。私たちは居間の入り口まで食器を持っていった。

「高木さんと太田さんは中に入って、台所まで持っていって」

勝山先生が私たちに笑顔で指示した。

「はい」

「はい」

私と太田さんは家の中に入り、食器を台所に運んだ。食器がたくさん運び込まれた頃に勝山先生がやってきて、流し台で食器を洗い始めた。

「すいませんねぇ」

上原さんのお母さんが食器を洗っている勝山先生に声をかけた。

「いいえ、だいじょうぶです。これくらい」

勝山先生は手際よく食器を洗っている。学校で体育を教えていて、いっしょにソフトボールをしている勝山先生しか知らないので、皿を洗っている姿は、違う一面を見たように感じた。

私と太田さんは洗われた食器をテーブルの上に並べた。京都の家にいた時はお母さんの手伝いなんて、めったにしたことはなかったな。反省、反省。

後片付けが終わったところに上原さんがやってきて、「コーヒー淹れるさ」と言った。

「ありがとう。あとは任せるね」

私たちは居間に行き、ソファに座った。部屋の中には天売島の風景写真が飾られていた。

「この写真はだれが撮ったのかな」

私は疑問を口にした。

「これは中江さん、十年くらい前にこの島に撮影にやってきたカメラマンがこの島を気に入って住みついているんだ。羽幌では有名人よ。写真集を何冊も出版しているよ。インターネットでも見ることができるよ」

「そうなんだ」

勝山先生が私の疑問に答えてくれた。

「さぁーコーヒーがはいったぞ」

上原さんがお盆にコーヒー茶碗を載せて居間に入ってきた。

「コーヒーが飲めない子がいたら言ってな。紅茶、ココア、日本茶もあるしな」

「はい」

上原さんのお母さんがお盆にケーキを載せて居間にやってきた。

「札幌の北山堂のケーキを取り寄せたんだ」

「わぁー。嬉しい」

太田さんが大きな声を出した。太田さんのこんな大きな声を聞いたのは初めてのような気がする。

私たちはいっせいにケーキを口に運んだ。おいしい。でも、私は羽幌の万寿庵の和菓子が好き。

「おいしい」

太田さんが小さな声でつぶやく。

「おいしいです。さすが北山堂のケーキよね。上原さんありがとう」

上原さんは上機嫌だ。上原さんのお母さんは隣でニコニコしている。

「あのぅ、お礼に踊りを披露させていただきたいのですが、上原さん、よろしいでしょうか」

コーヒーを飲み終えた加奈様が言い出した。

「もちろんだべさ。大歓迎だ」

「嬉しい。加奈さんの踊りは素敵よ」

「私も見たい」

勝山先生は大きくうなずいた。

「ありがとうございます。上原さん着替える部屋を貸してください」

「ああ、いいよ。二階のカラオケルームがいいべさ」

「お願いします」

上原さんは加奈様を連れて階段を上がっていった。

しばらくして上原さんだけ戻ってくると「あと、二十分くらいしたら来てってよ」と、みんなに言った。

「高木さんは東条さんの踊りを見たことがあるのよね」

「はい、一度だけですが……」

「マクドの生徒はみんな、いろんな特技を持ってるのよね」

「私は特技なんて、何もないです」

「私も」

太田さんは小さな声でポツリと言った。

「何言ってるのよ。高木さんは高校一年であれだけのピッチングができれば、りっぱな特技よ。太田さんのトンボ使いも上手よ。あれは目立たないけどりっぱな特技よ」

勝山先生は太田さんのトンボの使い方を見ていたんだ。さすがに教師だ。

「私の中学校時代に入っていたソフトボール部は三十人もいたので、公式戦はずっと出ることができなかった。三年の夏の公式戦で代打に一度だけ出してもらえた。だから、三年間ずっとグラウンド整備ばかりやっていたのよ。スポーツをしていたなんて感じではなかったんです」

「偉い。そういう人がいるからスポーツが成り立つのよ。太田さんの経験はこれからきっと生きるよ。自信を持って生きてよ」

「はい」

太田さんは弱々しく答えた。

「さぁ、二十分経ったし二階に行こう」

「はい」

みんなは上原さんについて二階のカラオケルームへ向かった。階段の窓からはトウモロコシ畑が見えた。

カラオケルームでは加奈様が着物姿で迎えてくれた。加奈様がキャリーバッグを持ってきたのは中に着物が入っていたのだ。

上原さんが部屋の照明を暗くして、加奈様にスポットライトを当てた。

「上原さん、今日は招待していただき、ありがとうございます。お礼に私のつたない踊りを披露させていただきます」

照明が明るくなり、音楽が流れてきた。その曲に合わせて、加奈様が静かに踊り始めた。四月に見た時より上達している。指先の使い方、足の動かし方がお母さんの藤崎流とは違う感じがするが、家ではよく見ていた日本舞踊だ。なんかすごく懐かしい。

音楽が止まると加奈様はみんなに深々と礼をした。みんなは大きな拍手をした。

「加奈さん、ありがとう。すごく良かったべさ。感動した」

「東条さん、良かった。マクドの学校祭でもやってね」

「東条さん、感動したよ。こんな踊りを見たのは天売に嫁いできて初めてですよ」

「加奈さん良かったよ。お母さんの踊りを見ているみたいで懐かしかったよ」

太田さんはうっすらと笑みを浮かべているだけで、何も言わなかった。無口な人だな。

私たちはさっきいた居間に戻った。

「今度来る時もぜひ踊ってもらいたいな。舞ちゃん、次に来る時も必ず連れておいでよ」

「はい」

私はあいまいに答えた。加奈様が天売島に来たことをどう思っているかわからないからだ。

「七月二十八日には留萌地域の連合青年会主催のソフトボール大会があるべさ。その前に練習試合があるべ。舞ちゃんが先発だな。頼りにしてるべさ」

「いいえ。私より勝山先生が先発だと思います」

「そうだべか。勝山先生、そうかい」

「高木さんにはどんどんいってもらいたいね。若いしね。こんなおばちゃんより将来性があるしね」

「いいえ。先生はまだまだ若いです」

「確かに、公式戦の勝負どころでは勝山先生に投げてもらわんとな」

「老体にムチ打ってもう少し、がんばろか」

「はい。頼りにしてます」

加奈様が居間に戻ってきた。

「よおっ、今日のヒロイン」

「東条さんご苦労さん。良かったよ」

「加奈さん、ご苦労さん」

太田さんは相変わらずちょっと笑みを浮かべているだけで何も言わなかった。上原さんのお母さんがお盆にお茶を載せてやってきた。

「お茶を飲んでください。疲れたでしょう」

上原さんのお母さんは加奈様の前にお茶を置いて、それからみんなにお茶を配った。私はそっと口に運んだ。うっ、これはいつも飲んでいる三歩堂のお茶とはずいぶん味が違う。これは静岡のお茶なのだろう。

「そろそろ帰りの高速船が出る時間になってきたべさ。帰る用意してな」

「はい」

「はい」

太田さんがみんなの湯のみ茶碗を集めて、お盆の上に載せた。

「あっ、置いといて。あとで洗うから」

「いいえ。洗わせてください」

太田さんはいつになくはっきりと言った。

「そうかい。じゃ、頼むよ」

「はい」

私は太田さんの後ろについて台所へ行った。太田さんが洗った湯のみ茶碗をテーブルの上に載せた。太田さんが洗い終わったので、手拭きタオルを渡した。

「ありがとう」

太田さんは小さな声でささやいた。

私は居間に戻り、忘れ物がないかを確認してデイパックを背負った。

「さぁ、行こうか」

「はい」

「上原さん、お母さん、今日はお招きいただきましてありがとうございました。ジンギスカンもケーキも大変おいしかったです」

勝山先生は深々と頭を下げた。

「ありがとうございました」

私たちも深く頭を下げた。

「こんなところでよかったら、また来てな」

「ありがとうございます」

勝山先生が微笑んだ。

「本当に何もない島だけど、自然が守られたところなんだ」

「そうですね。それじゃあ、失礼します」

私たちは上原さんの車に乗せてもらい、フェリーターミナルへ向かった。上原さんのお母さんが手を振って見送ってくれた。姿が見えなくなるまで、手を振ってくれた。

「今度来た時は自転車で走ったらいいべさ。フェリーターミナル近くにレンタル店があるべさ。ただ、怖いところは、マムシがいることだべな」

「えっ、この島にはマムシがいるんですか」

確か、焼尻島に行った時にはマムシがいないと聞いていた。

「まぁな。決して自転車を降りて、草むらなんかに入らないことだな。特に気をつけねばならんところは、この辺りだな」

外を見渡してみると笹や草があるだけのところだが、知らなければ入り込んでしまいそう。

「島のもんは知っているから嚙まれることはないが、観光客が心配だな」

「焼尻島にもいるんですか」

「あそこはいないな」

「なんでですか」

「まぁ、それは俺にはわからんな。詳しいことを知りたかったら歴史資料館に行ってみたらいいべさ。マムシは踏んづけたり、石をぶつけたりせんかぎり、人間を嚙むことはめったにないからな。でも、毒を持っているからな、注意しといたらいいな」

「はい」

いつか天売島も自転車で走ってみたいと思っていたので、いい情報を教えてもらった。

やがてフェリーターミナルが見えてきた。

「さあ、着いたぞ。もうすでに高速船が着いているぞ」

岸壁には来た時とは違う高速船が停まっていた。あれに乗って帰るのだ。私たちはチケット売り場で、チケットを買い、高速船に向かった。

「上原さん、ありがとう。今日はお金を使わせてしまったね。ごめんね」

「なんもさ。これぐらい平気、平気。また、いつでもおいでな。まあ、冬は海が荒れることが多いから無理だと思うけど。冬が来る前にもう一度おいでよ。そっちのお嬢さん方もな」

「はい、よろしくお願いします」

加奈様と太田さんはちょっと微笑んだだけだった。

「ありがとうございました」

「ありがとうございました」

「ありがとうございました」

私たちは上原さんにお礼を言うと高速船に乗った。

船内は観光客の団体がひとグループいたが、座席はかなり空いていた。やがて、高速船のロープが外され、エンジン音が大きくなってきた。出発なのだ。

私たちは岸壁にいる上原さんに手を振った。エンジン音がいっそう大きくなると高速船はゆっくりと岸壁を離れた。

「今日は天売に来れてよかったわ。舞様誘ってくれてありがとう。北海道に来たという実感がやっと湧いてきたわ」

「そうね。あのジンギスカンおいしかったわ。千歳空港にある杉尾ジンギスカンと同じくらいおいしかった」

「私は杉尾ジンギスカンは食べことがないので、比較ができないけど、おいしかったわね。味つけがぴったりね」

「そう、そう。杉尾ジンギスカンはたれをつけて食べるけど、上原さんのところは肉に味がついていたわね」

「私は土、日が踊りの練習なのでもう来られないと思うけど、舞様はまた行けるわね」

「私はもう一度行ってみたいわ。今度は自転車で走ってみたいわ」

「そうね。話を聞かせてね」

「そうするわ」

私はだんだん眠くなってきて、加奈様との話はそこで終わった。

実習、そして夏の研修旅行

水産実習は羽幌水産実習センターで行われる。授業では水泳に続き、素潜りの練習が行われていた。一方、私はみんなより水泳のレベルが低いので、学校のプールで引き続き補習を受けていた。

素潜りで海に入ると海水はまだかなり冷たいが、なんとか我慢ができる。それでも二十分が限界である。二十分が過ぎると陸に上がり、水産実習センターの風呂に入り、体を温める。

羽幌の海は透明度が高く、十五メートルほど下まで見渡すことができる。海底には昆布の森が広がり、それを食べているウニがたくさんいる。資源保護のために私たちはまだ獲ることができない。私たちの練習用に獲るウニは黒い模造品である。みんなで潜り、海底を回り、黒いウニを探す。私が獲ることができるのは学級で最低ランクの二、三個。同じく加奈様も二、三個である。それに、水着になって気がついたのだが、加奈様は胸がささやかである。私とお風呂にいっしょに入りたがらない理由はそこにあるのかな。

農業実習の授業は草取りが中心だ。学園の実習用の畑は広い。東西が五百メートル、南北が三百メートルほどある。そこに、ジャガイモ、ニンジン、ダイコン、カボチャ、トウモロコシ、タマネギ、ホウレンソウなどが植えられている。

五月の植え付けが終わると、その後は草取りが中心である。除草剤は食の安全のために使わない。人手がたくさんいるので、草取りは私たちが汗を流しながら行う。ここで採れた野菜は学園の寮の食材となる。中学生の時にソフトボール部の合宿で食べたものも、学園の農場で作られた野菜であった。

夏休みは七月二十五日から八月二十日まであるが、その前の最大の楽しみは研修旅行である。道東の釧路まで行く。途中の旭川では三浦綾子記念文学館、富良野ではラベンダー畑、テレビドラマ『北の国から』のロケ地、帯広では開拓記念館、釧路では釧路湿原美術館、和商市場を見学する。釧路湿原ではカヌーの体験学習がある。帯広では豚丼、釧路の和商市場では勝手丼を食べる。それに、それぞれの地でおいしいものを食べるのが、私にとって最高の楽しみだ。

羽幌の街は七月になると気温三十度を超える日もあり、暑いと感じることもあるが、四十度を超える日もある京都の夏と比べるとずっと涼しい。

研修旅行の一日目は学園を八時三十分に出発した。朝はまだ二十三度くらいで涼しい。バスは幌加内を経由して士別に入った。そこから南下して旭川に入り、最初の見学先である三浦綾子記念文学館に着いた。

文学館の周りには白樺の木があり、北海道らしい雰囲気を漂わせている。六年生の時に『氷点』をＤＶＤで見た記憶がある。もうストーリーは忘れてしまったが、悲しいお話だったように記憶している。三浦綾子は病弱の身でありながら、たくさんの小説を書き上げた人である。夫がアシスタントとなり、彼女が話したことを文章としてまとめたそうである。献身的に妻に尽くしたという。私のお父さんとは正反対の夫だったらしい。

貸切バス三台が駐車場に停まっていた。亡くなってから五十年ほど経つが、今でもたくさんのファンがいるようである。文学館だけあって静かな雰囲気であった。

四十分ほどで次の見学場所に移動した。

『北の国から』のロケ地見学では、ＤＶＤで見たシーンが思い出された。浮気をしたお母さんと別れて、お父さんは失意の気持ちで故郷の富良野に帰ってきたのだ。やがて、お母さんと弁護士がやってきて、離婚の話が進行する。娘の蛍は話しかけてくるお母さんを無視し続ける。蛍はお父さんといっしょにお母さんの浮気の現場を見てしまった。

私も六歳の頃だったろうか、お父さんの浮気の現場を見てしまった。相手はお祖母ちゃんの弟子の一人だった。お母さんより若く、きれいな人だった。お父さんはその人と遠くに行ってしまって、一年近く行方がわからなくなっていた。やがてお金がなくなったのか、お父さんはお祖母ちゃんのところに帰ってきた。お母さんのもとには帰れるはずがなかった。その後、弁護士さんに仲介してもらい、離婚が成立した。

お父さんはフラメンコの研究とか言って、スペインに行ってしまった。七年が経って連れ帰ったのがクリスティナなのだ。富良野に来て、私のお父さんのことを思い出してしまった。

『北の国では』では、このロケ地よりも蛍とお母さんの別れのシーンの撮影場所に行ってみたかった。蛍が列車に乗っていたお母さんを見送って走る姿が一番好きだ。このシーンは昔の中学校の国語の教科書に出ていたそうである。蛍の気持ちを思うと今でも涙が出てきてしまう。

この日と明日の宿泊は釧路川近くのホテルだった。夕方近くに着いたので、生徒全員で太平洋に沈む夕日を見に行った。ムーというかまぼこ型の建物の横を通り抜け、ぬさまい橋を歩いた。太平洋に沈もうとしている太陽がそこにあった。

「きれいね」

「うん。きれいね」

「いつか彼とここに来てみたいわ」

加奈様がうっとりとした目でささやいた。

「そう」

私には付き合ってみたい男性はいない。付き合って裏切られて、泣くのはいやだ。加奈様は男の残酷なところを知らない。でも、モッタリはださいけど、たぶんお母さんを裏切るようなことをしないだろう。でも、あんなダサイタイプの男性なら、付き合ってみたいと思わない。ひとみとか加奈様と仲良くしているほうがいい。今のままでいい。

太陽がゆっくりと太平洋に沈んでいった。

私たちはホテルに戻った。

ホテルの食事はバイキングだったが、私たちの住むハマナス寮よりは豪華だった。サケ、ししゃも、ホッケの焼いたもの、ホタテ、北寄貝のおつくりと魚介類が多かった。

夕食後に広間でミーティングが行われ、今日の見学先の感想発表と、今日、転校してきた山吹琴音さんの自己紹介があった。一年生はこれで三十五人になり、二学期からはクラスが二つに分かれることが校長先生から報告がされた。その際、いっしょになりたい友達がいるかどうかのアンケートがあることも知らされた。私は加奈様と書いておこうと思った。

そのあとに明日のスケジュール確認があり、ミーティングが終わった。ホテルの部屋は加奈様といっしょだ。

「舞様、二学期から新クラスには私といっしょと書いてくださいな」

「もちろんよ。加奈様と書くよ」

「ありがとう。高校卒業までいっしょのクラスでいましょうね」

「もちろん、もちろん。私もそう思っているわ」

「嬉しい」

加奈様は私に抱きついてきた。加奈様の体に触れるとなんか不思議な感じがする。をどりを抱っこした時と違うときめきを感じた。私はどうしたらいいかわからず、そのまましばらくじっとしていた。そのまま時間が経っていく。ちょっと息苦しい。

「加奈様、ごめん。ちょっと息苦しいんだけど」

「あら、ごめんなさい」

やっと離れてくれた。でも、あのときめきはなんだろうか。私って同性愛者なのだろうか。そんなことはないと思うけど、私はひとみのように同年齢の男性に興味がないのは確かだ。お父さんが悪いんだ。あんなことをしているから私は男性が嫌いなんだ。どうしよう。

ね、ね、ひとみ教えて。私は同性が好きなんだろうか。

「舞様、どうしたの。そんな真剣な顔をして、私がいけないことをしたの」

「そんなわけじゃないけど、なんか京都の友達のことを思い出したの」

「その友達がどうかしたの」

「うん。ひとみという名前なんだけど、ひとみはとっても男の子が好きなの。でも、それって普通なのよ。きっと。でも私は京都三条校の男の子も羽幌校の男の子もあまり興味がないの、それって変かな。加奈様はどう思う」

「たぶん変じゃないと思うわ。私も男の子よりも舞様のことが好きよ」

「ありがとう。でも、この間、天売島に行った時の上原さん、かっこよかったわ。あんな人とだったら、付き合ってみてもいいかなと思って、私っておじさん趣味なのかな」

「あら、私も同じよ。あの服装とか髪型とかちょっと違和感があるけど、東京の男性にない野性的な感じがするわよ。北海道の男っていう感じでしょうか」

「うふふっ、それじゃ私と恋のライバルになるかも」

「舞様、もっと強力な恋のライバルがいますわ」

「えっ、もしかして勝山先生！」

「正解！　勝山先生が私たちを見る時の目と、上原さんを見る時の目が違っていたわ」

「あら、そうなの。加奈様って鋭いのね。驚いたわ」

なんとなくおしとやかで静かな加奈様だけど、けっこう鋭く人を見ているんだな。驚きだ。

「それで、あの二人、これからどうなるの」

「それはわからないけど。舞様じっくりと観察しといて」

「わかった。上原さん、きっとソフトボールの試合にやってくるわ」

二日目は朝食を終えると、バスに乗って釧路湿原へと向かった。まず、細岡展望台に行き、釧路湿原全体を見る。理科の持田先生から、ここはかつて海であって、やがて陸地になり湿原になったと説明を受けた。それから、再びバスに乗り、カヌーの発着場へと向かった。

十分ほどで目的地に着き、休憩所でカヌーの乗り方の説明を受ける。これからカヌーで下る釧路川は流れがゆっくりなので安全とのことだ。全員が救命具をつけ、発着場へと移動する。そこにはたくさんのカヌーが並んでいた。私は舞様と同じカヌーだ。それにインストラクターの建山さんがいっしょに乗ってくれる。

カヌーは順番に出発していく。私たちの順番になり、私と加奈様はゆっくりと櫂を漕ぎ始めた。学園の体育館にあった模擬カヌーで櫂を漕いで練習してきた成果が出ている。カヌーは順調に釧路川を滑るように進む。快適、快適。木の枝が顔の近くを通過する。木々の香りがしている。カヌーは三十分ほどで次の発着場に着いた。

待機していたバスが私たちを乗せると高台にあるレストランに移動する。ここで昼食だ。塩ラーメンが出てきた。それにおにぎりが二つと野菜サラダがついている。塩ラーメンを食べるのは初めてだ。スープを飲んでみるととってもいい味だ。麺もおいしい、細い麺だ。釧路はラーメンがおいしい街として有名らしい。またたく間にみんなはラーメンを平らげた。

　三十分ほどの休憩時間が終わるとバスに乗り、釧路湿原美術館へと向かう。四十分ほどバスが走り、目的地に着いた。ここは画家の佐々木栄松の作品が展示してある。湿原の画家と言われたそうで、釧路湿原を描いた作品がたくさんある。

　そういえば、モッタリも釧路湿原にスケッチに行ったという話を聞いたような気がする。こんな街で一人好きな絵が描けたら幸せだろうなと思った。

　見学が終わり、三時にはホテルに着いた。これから夕食の時間まで自由時間だ。私と加奈様は外に散策に出た。ホテルから釧路川の方向に向かって歩いた。七月だというのに吹く風は冷たい。羽幌の街よりも確実に寒い。

　ぬさまい橋に上がり、河口のほうを見ると岸壁にたくさんの漁船が集まっている。何を獲るのだろう。ロータリーを渡ろうとするも車の動きがわかりづらく怖い。ロータリーを渡るのは初めての体験だ。そこを渡ると坂になっている。坂を上り切り、左手の公園に行ってみる。

公園の端に行くと、釧路港と街を一望することができた。松浦武四郎の記念碑がある。江戸時代末期の探検家だ。当時釧路には二千人ほどの人が住んでおり、昆布などの海産物の取り引きが行われていたという。

「きれいなところね」

「うん」

「素敵な街ね」

「うん」

「羽幌もいいけど、釧路もいい街ね」

「そうかも」

私たちは、さらに坂の上にある大きな建物に行ってみた。釧路市生涯学習センターと書いてある。建物の中に入ってみた。入り口の近くにエレベーターがあったので、それに乗って最上階の十階まで上ってみると展望台に出ることができた。釧路の街が一望できる。さらに太平洋から春採湖《はるとり》、そして阿寒の山々がうっすら見える。

「きゃっ、きれい」

「本当、きれいね」

「こんな街に住んでみたいわ。素敵な彼といっしょに」

「へぇ、加奈様にもそんな願望があるんだ」

「ええ、私も女のはしくれよ。何もかも捨てて、こんな街でひっそり暮らしてみたいわ」

「そんなに男っていいの」

「人によりけりだと思うけど。踊りの和木先生は素敵よ。残念ながら結婚しているけど」

「へぇ、その人っていくつぐらい」

「うーん。四十代後半ぐらいかな」

「それだったら、上原さんより年上ね」

「そうかもね」

「加奈様はやっぱり年上好みなんだ」

「そうかもね。落ち着いた人が好きなの」

「ふーん。そうなんだ」

「包容力がある人が好きよ」

包容力ね。それはどんな力だ。私にはわからない。私のお父さんにもモッタリにも、そんな力はないと思う。京都三条校の堀江先生には、そんな力があったかもしれない。

「ねぇ、戻りましょうか。次に来た時はあの湖まで行ってみたいわね」

「そうね」

エレベーターで一階まで下りた。九階にはレストランがあるようだ。あそこも見晴らしが良くて、いいところだと思う。私たちは坂を下り、ホテルに戻った。今日の夕食もバイキングだ。昨日より肉料理が中心になっていた。私は大好きな牛肉のステーキと豚肉のステーキを食べた。

部屋に戻ると加奈様と少し話しただけで、寝てしまった。研修旅行も二日目になるとやっぱり疲れる。


次の日の朝、二人とも早く目が覚めた。

「舞様、散歩に行きません？」

「うん。いいね。朝寝坊の私が五時二十分に散歩に出かけるなんて、奇跡だわ」

「うふふっ。そうね」

私たちは手をつないでホテルの外に出た。吹く風が頬に当たり、心地よい。潮の香りをわずかに感じる。海が近いのだ。かもめが頭上を飛び交う。海のほうをめざして歩いていく。河口に着くと昨日は岸壁にたくさん停まっていた漁船が、今日はまったく見当たらない。昨日見なかった船が一隻停まっている。この船はなんだろう。近づいて船に書いてある文字を読むと北海道漁業監視船と書いてある。何を監視しているのだろう。船体に大きく描いてあるマークは北海道のマークだろうか。

ランニングしている人とすれ違う。

「おはよう」

「おはようございます」

「おはようございます」

私は知らない人と挨拶することはめったにない。でも、なんか今日は気持ちがよい。

海のほうから霧が流れてきた。みるみる間に霧に囲まれる。さっきまで見えた生涯学習センターの建物も霧に包まれていく。やがて、まったく見えなくなってしまった。幻想的な世界だ。私と加奈様は黙ったままで、霧の流れをじっと見つめる。服に霧の粒が当たり、じっとり濡れてくる。

「帰ろうか」

「うん」

このままいると服が濡れてしまう。風が当たると冷たい。さすがに霧の街、釧路だ。

さいはての駅に下りたち
雪あかり
さびしき町にあゆみ入りにき

という短歌を石川啄木が作ったのは、明治の終わり頃だったろうか。でも、今ではさびしき町というのは当てはまらない。けっこう賑やかな街である。

私たちはホテルへ戻り、朝食の時間を待った。今日の朝食はホテルではなく、和商市場に行って勝手丼を食べることになっている。市場といえば京都では錦市場だが、和商市場はどんなところだろう。

時間になって、みんながそろい、和商市場に向けて出発した。ホテルから十五分ほど歩いて到着した。中に入ってびっくり、まだ朝の八時だというのに大勢の人がいる。特に若い人が多い。ライダー姿の人、大学生らしき人、シルバー世代の人々もいっぱいである。さすが釧路の一大観光地である。私たちは先生からもらっていたチケットを使って、ご飯を求め、丼の上に魚介類を載せていく。私はタラコ、スジコ、サンマ、マグロ、イカ、卵焼きを載せた。

椅子に座り、かぶりつく。おいしい、新鮮である。加奈様ももくもくと食べている。魚介類があまり好きでない私もおいしく食べた。

「おいしかったわね。釧路に来たかいがあったわね」

「本当ね。たくさん食べてしまったね」

モッタリもここに来ていたのであろうか。まあ、それはどうでもいいことだ。

全員が食べ終わると、三十分ほどの休憩があり、羽幌に向けてバスは出発した。釧路には製紙工場があり、その間を抜けてバスは西へ進む。やがて、海が見えなくなり、畑が続いた。バスは帯広百年記念館に着いた。この地方の開拓の歴史に関することが展示されている。明治の初めにこの地を開拓した人々の苦労が感じられる。

私の心は、昼ご飯のメニューである豚丼に飛んでいた。記念館の見学を終えるとバスは「とん屋」へと向かった。この研修旅行最後の楽しみだ。バスは、かわいい豚の絵が壁に描いてある「とん屋」に着いた。建物の中に入るとテーブルの上には豚丼と野菜サラダが載っていた。

「いただきます」

当番の相楽さんの声に合わせて、みんなは箸を持った。豚肉を口の中に入れると甘辛く煮込んだ味が広がる。ゆっくり味わって食べようと思っていたが、思い通りにはならない。あまりのおいしさにかき込むように食べてしまう。野菜サラダも食べよう。きゅうりも玉ねぎもアスパラガスもおいしい。新鮮なのだ。お茶を一口飲む。丼の中はもう底が見えてきた。ああ、これで研修旅行が終わる。

今度は京都に帰るのが楽しみになってくる。ひとみに会いたい。ダンスの発表会はうまくできたのかな。

私たちは昼ご飯を終えると、バスに乗り、羽幌に向かった。帰りは富良野から滝川に抜け、高速道路で留萌に向かう。北海道の高速道路は空いていて、本当に高速で走ることができる。私は外の景色を見ている余裕もなく、ほとんどが夢の中であった。留萌を通過した頃から起きている時間が長くなっていた。窓から見える日本海が美しい。

日本海を南に進んでいくと舞鶴にたどり着く。いつかフェリーに乗ってみようか。今度、京都から羽幌に戻る時は舞鶴から来てみようか。日本海に沈む夕日も見てみたい。

バスは懐かしいハマナス寮の前に停まった。バスは女子を降ろすと、男子寮に向かって走っていった。この日は夕食と入浴が終わると、すぐにベッドの友になった。

ソフトボール大会

一学期の終業式は体育館で行われた。校長の羅浦高良先生からお話があった。一年生はこの一学期ですっかりマクドナルド記念国際学園羽幌校になじんで、成長したと言ってくれた。私が一番しんどかったのは水産実習の水泳と素潜りの練習であった。それもなんとかクリアでき、一学期を終了できた。

夏休みの初めの日、私と加奈様は札幌に向かうバスに乗っているはずだった。残念ながら私はまだ帰ることができなかった。青年会のソフトボールの大会があるため羽幌に残ったのだ。加奈様は「ごきげんよう」と言い残し、東京へ帰っていった。

青年会のソフトボールの大会は夏休みに入った週末に留萌で行われた。この大会に優勝すると全道大会に出場できる。参加するのは五チームなので、トーナメントで三勝すれば優勝することができる。くじ引きの結果、私たちのチームは増毛《ましけ》のチームと対戦することになった。

第一試合は、予想どおり先発ピッチャーは勝山先生であった。私はベンチで試合を見つめた。一回、二回とランナーを出したが得点を与えなかった。わがチームはランナーを一人も出すこともできずに無得点であった。

三回になるとヒット、二塁打、エラーが絡んで二点を入れられた。わがチームはヒット一本とデッドボールでランナー一、二塁と攻めた四回に唯一、ベース上にランナーを進めることができた。最終回である五回には、相手チームにホームランを打たれて三対〇になった。

五回裏の攻撃、私は代打で登場した。相手のピッチャーはスピードボールが来たかと思えばスローボールが来て、的を絞りづらい。ワンストライク、ワンボールでの三球目、スローボールを打つと三塁方向へのファールとなる。四球目もスローボールを打つと三塁前へのぼてぼてのゴロになる。がんばって走ったがアウト。残念。その後のバッター二人も三振とショートゴロになり、ゲームセットとなった。

次の試合は勝山先生が球審で、西山さん板野さんが塁審となる。私と太田さんは得点係をする。この試合は接戦になり、六対六で延長戦になる。結局留萌北チームが勝った。

決勝戦を見学せずに私たちは帰途についた。途中の喫茶店で私たちは休憩した。ジュースやコーヒーで乾杯をした。

「ご苦労さん」

「ご苦労さん」

私たちは口々に言い合った。

「勝山先生もいよいよ秋の大会で引退だな」

西口さんが言う。

あっ、そうなんだ。勝山先生は今、三十五歳なんだ。来年から監督に専念かも。部員は十二名だが仕事の都合で欠席する人もいるので、いつも七、八名で練習をしている。ここも風前のともし火のようなソフトボールクラブだ。ソフトボールをする人がいないのかな。もともと三十五歳までという青年会の規定がネックだ。マクドナルド学園の生徒も、もっとたくさん参加すればいいのに。ともあれ、私はこれで京都に帰ることができる。

そういえば、試合の応援に来ると思っていた上原さんが来なかった。家の仕事が忙しいのであろうか。

ひとみの告白

次の日、私は京都に向けて羽幌を出発した。バスは日本海に沿って留萌に向けて進んだ。昨日、通ったところと同じコースだ。留萌から高速道路に入り、札幌に向かった。ここからは、防音壁があるために外の様子はまったくわからない。高速道路は空いていて、予定時間より七分ほど早く札幌ターミナルに着いた。

今度はＪＲに乗り換え、千歳空港に向かう。列車の中はほぼ満席であった。千歳から飛行機に乗る人が多いのだ。千歳に着くと、私はをどりのお土産を探してターミナルの中を歩いた。しばらく歩いていると、たまねぎまんの人形を見つけることができた。お母さんには七花堂のお菓子を買った。

飛行機に乗ると中は満席であった。修学旅行の高校生たちがいる。大阪の高校生らしく関西弁が飛び交っている。なんか懐かしい。もう伊丹に着いた感じがする。

飛行機が離陸すると間もなく夢の世界に入った。夢の中にをどりが出てきた。をどりはアンパンマンの人形を持って笑っていた。あれ、私の買ったたまねぎまんの人形は？　と思ったところで目が覚めた。アンパンマンのほうがよかったのだろうか。

伊丹に着くと熱風が吹いてきた。ああ、暑い。でも、懐かしい暑さだ。夏はこの暑さがなければ気分が出ない。暑いグラウンドでソフトボールをしたことが懐かしい。

夏季大会はもう終わったかもしれない。マクドナルド京都三条校は単独で出場できたのであろうか。情報が入ってこなかった。

京都駅からバスで家に向かうと山鉾が建っているのが見えた。祇園祭の最中なのだ。京都の祇園祭に日本各地、世界各地から訪れる人は多い。夜になったら私もゆかたを着て出かけてみようかな。

家に着き、私が門からチャイムを押すと、をどりの走ってくる足音が聞こえた。後ろからお母さんの足音がしてドアが開いた。

「ただいま」

と言うとすぐに、をどりが抱きついてきた。

「オネエチャ」

五月に比べるとかなり発音がはっきりしてきている。

「お帰り、舞ちゃん」

お母さんのその声を聞くと涙が出てきた。

「どうしたの舞ちゃん」

「お母さんにしばらく会えなかったから、嬉しくて……」

「あらあら、高校生のお姉さんが泣いたりして」

「だって、涙が勝手に出てくるんだもん」

私の涙がをどりの髪の毛を濡らした。

「早く中に入って顔を洗ったら」

「うん」

私はキャリーバッグを玄関に置いたまま家の中に入った。家の中は懐かしいお母さんの香りがする。洗面台で顔を洗う。水が温かい。京都の水道水だ。羽幌の水道水は七月になっても冷たい。

居間に行くとテーブルの上に麦茶が入ったガラスのコップが置かれていた。一口飲んでみる。ちょうどいい冷たさになっている。をどりはアンパンマンの絵が描かれたコップで麦茶を飲んでいる。ああ、そうそう、をどりにお土産を渡さなくてはいけない。

私は玄関に戻り、キャリーバッグを開けて、たまねぎまんの人形が入った紙袋ををどりに渡した。

「はい、お土産袋を開けてごらん」

をどりは紙袋を開け、中からたまねぎまんの人形を取り出した。

「ウアッ、タマネギ」

をどりは、たまねぎまんの人形を持ったまま台所に向かって走りだした。お母さんに人形を見せるのだろう。

「よかったね。お姉ちゃんにありがとうって言った?」

という声が聞こえてる。

今度は私に向かってどどっと走ってくる。

「アリトウ」

「どういたしまして。をどりが喜んでくれて嬉しいよ」

「スキスキ」

をどりはべたっとくっついてくる。私はをどりを抱きしめる。体がマシュマロのように柔らかい。

「ご飯にしましょう」

お母さんが台所から呼んでいる。

「はい」

私はをどりを抱っこしたまま台所へ行く。をどりを子ども用の椅子に座らせて、よだれかけをつけてあげた。

テーブルの上には、はものの梅肉あえ、卵焼き、牛肉のサイコロステーキ、野菜サラダが並んでいる。

「いただきます」

私は卵焼きを口に入れる。懐かしいお母さんの味が口の中に広がる。

「幹也さんは夜も仕事なの。ごめんなさいね」

「ううん。気にしてないわ」

モッタリなんかと会いたくない。仕事でけっこう。をどりはスプーンを使って自分で食べている。小さな子どもの成長は早いものだ。

「お母さん、卵焼きおいしい」

「ありがとう。たくさん食べてね」

私は瞬く間に卵焼き、サイコロステーキ、はもの梅肉あえ、ご飯を平らげた。

「あら、舞ちゃんご飯のおかわりはいいの」

「うん。羽幌に行ってから太りぎみだから、ご飯は一杯だけにしてるの」

「舞ちゃんも年頃なのね。そんなこと考えるなんて。三月まではご飯を二杯は食べていたのに」

「そうなのかな。ハマナス寮の友達で炭水化物減量ダイエットしている子がいて、見習ってご飯を減らしているの」

「踊りをしている人？」

「そうそう、踊りとっても上手よ。それに色っぽいの」

「そうなの。そういえば舞ちゃんもちょっとおしとやかになったんじゃない」

「そうかな。私のことをいつも舞様っていうのよ。それで私も加奈様と言っているの」

「あら、おもしろいのね」

「そうそう。お嬢様高校に入ったみたいよ」

「楽しいのね」

「でも、ちょっと疲れるけどね」

「そうなの。大変ね」

「タイヘン、タイヘン」

　をどりが話の中に入ってきた。

「そう大変よ。高校生って大変なのよ。お母さんの踊りは順調？」

「まぁ、まぁっていうところかな。この二、三年はそんなに変わらないわ。駒木さんが上手になってきて、助けてもらってるわ」

「若い人なの？」

「もう、三十七、八かな」

「それじゃ、もうおばさんね」

「ちょっとお嬢さんとは言いがたいわね。まだ、独身なんだけど」

「舞の未来みたいね」

「あら、舞ちゃんは結婚しないの」

「うん。今のところはね。今は食べることが大好き」

「そうなの。でも、きっと二十歳ぐらいになると人生観変わるよ」

「お母さんもそうだったの？」

「ええ、そうだったかも」

「お母さんをどりが眠たそう」

をどりが目をつぶって、こっくり、こっくりし始めている。

「ふとんに寝かせてくるわ」

「うん」

をどりとお母さんがいなくなると、私はひとりぼっちになった。食べ終わった食器を片付けようか。来年から私もハマナス寮を出てワンルームマンションで一人暮らしをする予定だし。食器を洗い場に運ぶ。洗剤をつけて、洗い始める。

「あら、舞ちゃん、いいのに。お母さんがするわ」

「だいじょうぶ。お母さん、お茶を飲んでて」

「ありがとう。そうさせてもらうわ」

「うん。座ってて」

「ありがとう。やっぱりかわいい子には旅をさせよ、ね」

「うふふっ、そうかもね」

モッタリが帰ってきたのは、私が部屋に入って、眠ったあとだった。翌朝、起きるとすでに出勤していていなかった。台所のテーブルの上には私のご飯が置いてあった。

「舞ちゃんおはよう。ご飯置いてあるから食べといて」

お母さんが隣の部屋から声をかけてくれた。

「うん」

をどりがおっとりと現れた。

「をどり、おはよう」

「オアヨウ」

私は炊飯器から茶碗にご飯をよそって食べた。をどりがそばにいたので、「ご飯食べた？」と聞いてみた。「フン」とうなずく。

「お姉ちゃんといっしょに食べる？」と聞くと「フン」とうなずく。

をどりの茶碗を探してきて、ご飯を少し入れてやると、いっしょに食べ始める。

朝も卵焼きがついている。をどりに一切れ分けてあげる。ゆったりとした朝食だ。

あっ、そうそう早くご飯を食べて、ひとみに電話しなくちゃいけない。そう思うと、急いで食べて茶碗を洗った。をどりをお母さんのところに連れていくと、私はひとみに電話した。

「ひとみ、私、舞よ」

「あっ、舞。昨日帰ってきたの」

「そうそう、どこかで会わない」

「うん。いいけど、うち、ちょっとやばいから家まで来て。しんどいねん」

「どうしたの、病気？」

「まぁな。詳しくは舞が来てから話すし」

「うん。ひとみの家ってどこだったのかな」

「うちは六月に原谷《はらだに》のアパートに引っ越したから、市バスで来て」

「わかった。バスS系統の四番。原谷バス停の近く。そこまで来たら電話して」

「うん。わかった。今から行く」

私はひとみのために買ってきたお土産をデイパックに入れると、すぐに出発した。あの元気なひとみが病気になるのかな。

北大路バスターミナルでバスを乗り換え、原谷バス停に着いた。そこから、スマホで電話をかける。

「あっ、ひとみ、今着いた」

「わかった。今から迎えに行く」

私はバス停でひとみを待った。京都に十六年住んでいても、ここに来るのは初めてのことだ。原谷という地名だけあって、山と山の間に挟まれている。五分ほどすると向こうからひとみがゆっくりと歩いてくる。

「ヤッホー、舞」

「ヤッホー、ひとみ」

なんや元気やん。さっきとはちょっと違う。どういうこと？

「舞、ごめん。こんな山の中まで来てもらって」

「ううん。平気だけど。ひとみは病気なん」

「病気というより、できちゃったの」

「できちゃったって、何ができたの」

「あれよ、あれ」

「あれって何」

「もう、そこまで言わせる？　いいとこのお嬢ちゃんとは付き合いづらいな。もう。赤ちゃんよ」

「ええ！　赤ちゃん。だれが」

「うちに決まってるやん。この続きは家に行ってから話そう」

「うん。けど、ひとみがお母さんになるの？」

「そうや」

「ええ！　信じられない」

「うちも初めは信じられへんかった。話を変えよう。舞は羽幌でソフトボールやってるんだって」

「そうよ。合宿で練習したところで、いつも練習してるのよ」

「うわあ、めっちゃ懐かしいやん。うちもいっしょに行きたいやん」

「来ればいいのに」

「うちにはかわいい弟や妹がいるから無理やわ。舞のとこみたいにお金持ち違うし、お母《か》んも頼りないし。産むだけ産んどいて、ちっとも育てへんねん。みんな私が面倒見てるねん。疲れるわ」

「大変ね」

「ここ、汚いとこで、ごめんね。まぁ、中に入ってよ」

そこは本当に汚いアパートだった。

「今はだれもいないねん」

部屋の中はなんか薄暗い。それにたばこの臭いがする。

「かえでは今は小学校で、もみじは保育園なんで。あっ、かえでは妹で、もみじは弟」

「なんかどっかで聞いたような名前ね」

「あっ、そうそう動物園のゾウと同じやねん」

「ええっ、そうなの」

「お母んがうちに名前を付けろと言うから、付けてあげたねん。いい名前やろ」

「う、うん」

「まぁ、座ってや」

ひとみのことばに促されて座ったが、ここの畳はかなりぼろぼろだ。

「さっきの話だけど」

「うん」

「ダンススクールの先輩ジュエリーと仲良くなって、やっちゃったの。そしたら生理がこなくなって、尿検査をしたらビンゴよ」

「妊娠のこと、お母さんはなんて言ったの？」

「笑って、うちのまねすんなって。驚いた？　お嬢ちゃん」

「うん。びっくりよ。まさかひとみがそんなことをするとは思っていなかった。私は男の人ってあんまり好きじゃないから、そんなこと考えたことはないわ」

「ジュエリーはかっこいいよ。ダンスはうまいし、フェイスも私好みやねん。一目ぼれだったの。それでダンススクールに毎日通ったの」

「えっ、高校は」

「あそこは入学式に行っただけ」

「授業料は」

「六か月分払ってあるけど。もう払う気がないから、そのうちに退学や」

「ええっ？　それでいいの」

「まぁな。お母んもひとみの好きなようにしたらいいと言ってるしな。ジュエリーも産んでって言ってるしな。うちにとっては、このお腹にいる子が一番や」

「それでいいの」

「もちろん。学校、もう行きたくないねん」

「ふーん。学校は続けておいたらいいと思うけど」

「舞が私の分も勉強しといて」

「そんなん、いややわ。私は私のために勉強してるだけ」

「あっ、そう。がんばってね」

「なんか冷めた言い方」

「そうなんやで。もう舞とは住んでる世界が違うんよ。舞は舞で生きてよ。うちのことは忘れて。うちはこの子を産んで母親として生きるんや」

「でも、私の行ってる高校にもお母さんになっている人がいるよ」

「そう。それはその人の生き方やん。うちには関係ないやん」

「そうやけど。高校は卒業しておいたほうがいいよ」

「しつこいな。もう帰って」

「わかったわ。帰ります。ひとみのことも忘れます」

私は立ち上がった。

「せっかく来てくれたのにごめんな。バイ」

ひとみも立ち上がった。私はひとみを見ずに玄関へ行き、靴を履き、ドアを開けた。これでいいのかと思う気持ちがあったが、振り返らず、部屋を出た。

ひとみのばか、もう私はひとみのことなんか知らない。勝手にすればいい。あとで謝っても私は許さない。

しばらくバス停でバスを待った。ひとみのアパートのほうを振り返らなかった。

家に着くと、お母さんが踊りの練習をする音が聞こえた。見かけない草履が三足あった。生徒に教えているのだろう。

台所で麦茶を飲んでいるとお母さんがやってきた。

「早いのね、何かあったの」

「いや、何も。妊娠して体調が悪いと言うから、帰ってきたの」

「その友達って高校一年生でしょう」

「そうよ」

「子どもをつくるのが早いのね」

「うん」

お母さんは麦茶を一杯飲むと練習部屋に戻っていった。お母さんは私とひとみがけんかしたことを察知したようだ。


その日の夕食を食べている時に、お母さんはひとみのことを聞いてきた。

「舞ちゃんはどう思っているの？　今日会いに行った友達のことを」

「別にどうも思っていないわ。あれはひとみのこと」

「舞ちゃんは赤ちゃんをつくってみたい？」

「ぜんぜんそんなこと考えたことない。今はそれよりおいしいものを食べていたい。そのことのほうが大切」

「ふふっ、安心した。私もできたなんて言うかと思って心配したわ」

「アッハハハ。そんなわけないやん。ハハハッ」

「そうよね。舞ちゃんの口から男の子のことを聞いたことないもんね」

「私の友達はまだ女の子だけ」

「安心してゆっくり眠れるわ」

「えっ、お母さん、私のことを心配して、夜、眠れなかったことあるの」

「それはあるわ。舞ちゃん、小さい頃によく熱を出したわ。そんな夜、眠れなかったの」

「そんなん、ずっと昔のことでしょう。私が羽幌に行って何をしているか心配で夜に眠れなかった？」

「心配はしたわ。けど、よく寝ていたわ」

「そう。安心した」

「お母さんのおっぱいを吸っていた舞ちゃんがもう高校生だものね。時が経つのが早いものね」

「当たり前。光陰矢のごとしよ」

「舞ちゃんは難しいことば知っているね」

「当たり前よ。北海道の羽幌まで行って勉学に励んでいるのよ」

「すごいのね。お母さんなんて、家から一番近い高校だったもんね」

「でも、高校を卒業してすぐに京都に来たやん」

「うん。まぁ、そうだけど」

「お母さんも偉いやん。ガールズビーアンビシャス」

「でも、後悔してるわ。若気のいたりだったと思っているの。初めから幹也さんと結ばれていたら、別の人生があったかと思って」

「ええっ、いや、そんな。私はどうなるの。私はあの人とお母さんの間に生まれてきたの」

「そうかもね」

それだけはいや。あんなもさい男が父親かと思うとぞっとする。遊び人のお父さんのほうがましだ。それはお母さんには言えない。あのモッタリにべたぼれだもんね。あんな男が好きなことが不思議だ。

「お母さん、私、寝る」

「そうして。おやすみなさい」

「おやすみなさい」

ひとみの話から、変な落ちがついてしまった。ところで、モッタリはどうしたのだろう。京都に帰ってきて、三日が経ったというのに一度も会ってない。お母さんの話によると仕事ということだが、本当に朝早くから、夜遅くまで仕事をしているのだろうか。

私はスマホを確認してみた。加奈様からメールが入っている。今、ロサンゼルスにいるとのこと、写真もついている。加奈様のお母さんといっしょだ。さすが加奈様、リッチな生活を送っているようだ。返信は明日にしておこう。

私はベッドに寝転んで、ひとみの家に行ったことを思い出した。ひとみはどうなったのだろうか。確かに、中学生の時も男の子が大好きだった。でも、あんなに夢中になることはなかった。私にはわからない。私には夢中になるような男の子はいない。私は友達なら女の子がいい。今は加奈様かな。

ひとみは本当に子どもを育てられるのだろうか。ひとみ、夢に浮かれていないで、真剣に考えてよ。中学校時代の親友の不幸を見たくない。ひとみ、目を覚まして。あなたの前に困難という道が広がっているよ。

明日、メールをしよう。

次の日、目が覚めると九時を過ぎていた。お母さんが一人で踊りの練習をしていた。相変わらず、ようやるわ。をどりは保育園に行っているようだ。

いつものように、私一人で朝食を食べる。食器を洗っているとお母さんが台所にやってきた。

「舞ちゃん、おはよう。相変わらず、ゆっくりね」

「そう、食べることの次に好きなのが寝ることなの」

「能天気でいいわね」

「そうよ能天気でおられるのはお母さんのおかげよ。ありがとう」

「なんと言っていいやら。でも舞ちゃんは幸せよ」

「そう、幸せよ」

「いつまでも続くといいわね」

そう言うとお母さんは練習部屋に行ってしまった。ごめんお母さん、今は私がモッタリよ。

そのモッタリとは京都に帰ってから六日目に会った。

「舞ちゃん、久しぶりやな。舞ちゃんが帰ってきたのに会えなくてごめんな。舞ちゃん、なんか色白になったたな」

「そうかな」

モッタリはずいぶん細くなった感じがする。男は子どもできるとがんばる力が出るのだろうか。をどりのために働いてほしい。

故郷の歴史発掘

私は学校に提出するレポートを書かなければならない。社会科日本史の課題で「故郷の歴史発掘」というテーマだ。私はいろいろ考えたが、二月だったかに行った伏見について書くことにした。

私は伏見中央図書館に行くことにした。京阪丹波橋駅から歩いて十分ほどのところにある図書館は、周りの風景に溶け込むような和風の造りになっている。

伏見と言えば、豊臣秀吉が造った城下町であり、江戸時代末期には勤皇派と佐幕派が激突した鳥羽・伏見の戦いがあった。その前に坂本龍馬が襲われた寺田屋事件があった。そんな資料がこの図書館に保存されていた。

私は二月に来た時に行けなかった寺田屋に行ってみた。龍馬通り商店街が終わったところに寺田屋があった。江戸時代からこの場所に建っている古い旅館だ。中に入ってみた。古びた旅館という感じだ。二階に上がると柱に刀傷がある。龍馬が襲われた時についた傷と言われている。中で刀を振り回したので傷がついたのだろう。龍馬は短銃で応戦したという。歴史好きな人にとっては感慨深い場所だろう。

寺田屋を出て橋を渡り、今度は中書島《ちゅうしょじま》に入る。昔はこの橋がなく、船で行き来していたようである。この地は中書島という地名でわかるように四方が川に囲まれているのである。

ここにはかつて江戸幕府の政策で造られた廓という売春宿があり、ここで働く女性が逃げられないように橋を造らなかった。この地で働いた女性たちは十代前半で売られてきて、三十歳ぐらいで死んだそうである。そんな早く死んだ理由は梅毒に感染したためだという。死んでもその遺体を引き取る遺族がいなかったこともあった。京都の売春宿で死んだ娘がいるなんて自慢になることではない。

そんな人の遺体は、どこに埋葬されたのだろうか。どこかのお寺に無縁仏として眠っていると推定されている。中書島を歩いていても、その面影はない。

その歴史を伝えているのは小説『廓』である。この小説は伏見中央図書館に保存されている。作者の西口克己は廓の経営者の息子であり、自らも大人になって廓の経営者になった。彼はとっても秀才で小学校は飛び級となり、五年で卒業して、旧制中学校も五年のところを四年で卒業している。旧制高等学校を経て東京大学文学部哲学科を卒業している。そんな賢い人が廓の経営者になったのだ。

もっと違う就職先はなかったのであろうか。よくわからない人だ。私には理解できない。中書島の細い路地を歩きながら私はそんなことを考えていた。こんなことを中心にレポートにまとめておこう。

八月も中旬に入ったある日、私は加奈様からびっくりするメールを受け取った。

――舞様、急なことですが、明日午前十時にお宅におじゃまします。その時間にお家にいてくださいね。

（ええっ？　なんで加奈様が私の家に来るの）

――わかりました。待っています。

とメールしておいた。

次の日の朝、加奈様は時間どおりにやって来た。

「舞様、寂しかったわ」

「私もよ。でも、なんで京都に来たの」

「舞様に会いたかったからよ」

「えっ、あと一週間もすれば羽幌で会えたのに。なぜ」

「それまで、待てなかったの。押しかけて、ごめんなさい」

「そんなことないけど。会えて嬉しいわ」

「それにお母様の踊りを見たいと思って」

「へぇっ、お母さんなら隣の部屋で踊りの練習を見ているよ。わざわざ東京から見にくるほどのことはないと思うけど」

「いえ、いえ。藤崎先生の踊りは東京でも高く評価されていますわ」

「へぇーそうなの。お母さんの踊りが?」

「もちろんよ。私は一度、藤崎先生の踊りを拝見してみたいと思って、おじゃましたのよ」

「ふーん。そうなの。それならお母さんに言ってくる」

「ありがとうございます。お願いします」

私は練習部屋に行って、お母さんに加奈様がやって来たことを伝えた。

「わかったわ。こちらの部屋に来ていただいて」

笑顔で言ってくれた。私は居間に戻り、

「練習部屋に来てって言ってるよ」

と加奈様に伝えた。

「ありがとうございます」

加奈様は私のあとについて隣の部屋に来た。生徒が二人、練習をしていた。

「お母さん、加奈さんよ」

「東条加奈です。舞様には羽幌で大変お世話になっております」

「ごていねいな挨拶をありがとうございます。若松流の東条あやみ先生のお嬢様ですね。お母様の踊りは二度拝見させていただいております。とても気品のある踊りでしたわ」

「あら、恥ずかしい。母の踊りを見てらしたなんて」

「東条先生の踊りは、この世界では有名なのです」

「そのお嬢様にこんなむさ苦しいところに来ていただくなんて光栄です」

「いえいえ、藤崎先生の踊りも有名ですわ。一度私も拝見させていただきたくやって参りました」

「そんな私の踊りなんて、まだまだ修行中の身ですわ。へたな私の踊りでよろしければ、披露させていただきますわ」

「うわっ、嬉しい。感激です。ぜひお願いいたします」

この二人の会話を聞いていると疲れる。もっとストレートにものが言えないものか。ともあれ、お母さんの踊りが始まった。

私と加奈様と二人の生徒は正座して踊りを見た。お母さんの踊りを見るのは一年振りになるだろうか。藤崎流の定例発表会で生徒たちが踊り、全員が踊るところでお母さんも後ろで目立たないようにしていたっけ。

私にとっては見慣れた光景だった。いいとも悪いともわからない。お母さんが好きだからやっていることと割り切っているが、退屈な時間だ。

加奈様はうっとりとした目でお母さんの踊りを見ている。私にはわからない世界だ。お母さんの踊りが終わると静かに拍手が起こった。私もみんなに合わせて拍手をした。

「おそまつな踊りを見ていただき、ありがとうございました」

お母さんは正座して頭を下げた。

「ありがとうございます。さすが、藤崎流家元ですわ。とても優雅な踊り、とても勉強になりました。東京から来たかいがありましたわ」

「いいえ。若松流東条様のお嬢様に見ていただき光栄です」

「加奈様、煎茶を飲みましょう」

私は居間へと加奈様を誘った。

「はい、ありがとうございました」

加奈様は、もう一度お母さんにお礼を言った。


「舞様のお母様はとても素敵な方ね」

「毎日見てると、あんまりそんなこと感じないけど」

私は水出し煎茶の湯のみをテーブルに置きながら言った。

「素敵よ。私もあんな素敵な女性になりたいわ」

「加奈様は今でも、十分に素敵よ」

「そんなことはないわ。まだまだ修行の身よ」

「私は加奈様に憧れているよ」

「そんな恥ずかしい。私はまだまだよ。長居をしてしまって、ごめんなさいね。おいとまするわ」

そう言うと加奈様はお母さんにもう一度礼を言うと帰っていった。

学校のレポート作成は、ほぼ順調に進んでいた。

羽幌に帰る前の日になってしまった。キャリーバッグに荷物をまとめていると、階段の下からお母さんの声が聞こえる。

「舞ちゃん、ひとみさんが来てくださってるわ。下りてきて」

ひとみだ。謝りに来たのか。私は玄関に行ってみた。

「舞、ごめん。この間はせっかく家まで来てくれたのに、帰れなんて言ってしまってごめんなさい」

ひとみは深く頭を下げた。

「高校のことはもう一度考えて、卒業できるようにがんばる」

ひとみは頭を上げて、もう一度言った。

「わかったわ。家の中に入って」

私はあのままで京都を去るのは心苦しく思っていた。ひとみを居間に招き入れた。

「ひとみが来てくれて嬉しかった。私も一方的に言って、ひとみの事情を考えなくてごめん。高校は卒業できるようにがんばってね」

「うん」

「私は羽幌でソフトボールがんばってるのよ。男女混合のチームよ。中学校の時にひとみに誘ってもらってよかったわ。感謝してる、私の恩人よ。これからも仲良くしてね」

「うん」

「いつものひとみのように元気を出してよ」

「うん」

それからひとみはあまりしゃべらずに帰っていった。でも、よかった。ひとみが来てくれたことが嬉しかった。


出発の日、をどりとお母さんが玄関まで送ってくれた。この二十三日間、早く時が過ぎた気がする。をどりは私の姿が見えなくなるまで手を振ってくれた。

今回は久しぶりに関空から稚内経由で羽幌に戻った。稚内空港の外に出ると涼しさが嬉しい。外を歩くのが苦にならない。私は留萌行きのバスに乗って羽幌に向かった。平らな荒野が続いている。一時間ほどバスが走ると日本海が見えてくる。今ではすっかり見慣れてしまった日本海。私の第二の故郷の風景だ。三時間ほどで羽幌に着いた。さあ、十二月二十五日までここでがんばるぞ。


加奈様は私より先に着いていた。加奈様の部屋をノックすると懐かしい顔が出てきた。

「あっ、舞様お帰り。どうぞお入りくださいね」

私は加奈様の部屋に入った。いつもきちんと部屋の中が整っている。

「これ、獅子屋の羊かんよ」

「ありがとうございます。お茶淹れるわ」

加奈様は温かい煎茶を入れてくれた。

「羽幌に帰ってくると、この温かいお茶がおいしいね」

「ええ、そうね。舞様のお宅におじゃました時の冷たい煎茶もおいしかったわ。京都の味がしたわ」

「そうかな」

加奈様が切ってくれた羊かんを食べた。さすがに獅子屋の味だ。いつ食べてもおいしい。

「それに舞様のお母さんの踊り良かったわ。あんな素敵な方と毎日いっしょに暮らしてこれて幸せね」

「そうかな。私はあんまりそんなに感じないけど」

「幸せよ。替わってもらいたいわ」

「加奈様のお母さんだって素敵な方じゃないの」

「ええ、まぁね。でも、いっしょに暮らしていると見たくないところまで見てしまうから」

「ああ、それは私もいっしょ。なんで、あんな遊び人のお父さんと結婚したのかとか、なんでもさい男と再婚したのかとか。私は不満よ」

「お父様にも再婚した方にも、きっといいところがあるのよ。お母さんはきっとそこを見ているのよ」

「そうかもしれないけど、私にはわからないな」

「やがて、お母様の気持ちが理解できる日がきますわ」

「たぶん無理、無理」

「舞様にこれ以上、言っても無理ね」

「ごめんなさい。意固地で。部屋に帰って寝るわ」

「夕食時間に遅れないでね」

「うん。ごちそうさまでした」

　私は部屋に帰るとベッドの上で横になった。


　私が羽幌に戻った二日後から二学期が始まった。二学期に入ると、日に日に秋を感じる気候になっていった。私にとって苦痛の水産実習も始まった。連日、水泳の補講、素潜りの実習が行われた。私はみんなに遅れながら、必死にがんばった。この二つは九月の中旬になると終了した。

　九月中旬からは林業実習が始まった。まずはグラウンドの端にある模擬棒に登る練習をする。注意事項を聞いたあと、登る練習が始まる。私の順番になる。私は高所恐怖症なのだ。命綱はつけているし、マットも敷かれているが、怖いものは怖い。なるべく下を見ないようにして上まで登る。きっと羽幌の街が見渡せるだろうが、見ないようにして降りる。

　次に草刈り練習となる。まずは草刈りかまを渡されて練習をする。安全のため防具をつけるが、それでも毎年手や足を切る生徒がいるそうである。私はかまを持つのは初めてだ。他の生徒に当たらないようにして、かまを動かしてみる。包丁よりちょっと重い。そのあとにグラウンドの端に行って実際に草を刈ってみる。すぱすぱっと草が切れる。相楽さんは家が農家らしく、かまの使い方が上手だ。切った草が整って並んでいる。草をちらかしているだけの私とは大違いだ。やっぱり経験が違う。

学校祭

十月になると学校祭があった。期間は二日間である。

一日目の午前は合唱発表会。課題曲は『海遥か』、自由曲は『夕陽の砂浜』。『海遥か』は海底探検をテーマにした歌、『夕陽の砂浜』は高校生の恋愛をテーマにした歌である。ピアノ伴奏は、『海遥か』は加奈様が弾き、『夕陽の砂浜』は内山さんが弾いた。指揮は両曲とも横田さんが行ったが、いまいち盛り上がらず、合唱はたんたんと行われた。奨励賞は三年三組が受賞した。やっぱりこの組が良かった。

午後からはミュージカルの鑑賞であった。東京からきた劇団『青い鳥』が演じる『風の砦』だ。北海道出身の作家、原田康子原作の、江戸時代の稚内のことを描いた作品である。

北方の守備に当たっていた東北のある藩では、冬になると次々と武士たちが亡くなっていった。でも、全滅することはなかった。生き抜いた人は、どうしても生きたいという事情があった人たちであった。故郷に婚約者がいる者、故郷を離れる時に妻が妊娠していた者である。彼らは、生まれたであろう子どもにまだ一度も会ったことがない。故郷に帰って一目子どもに会いたい。つまり愛が生きる力になったのだ。

私の生きる力を支えてくれているのはお母さん、をどりと友達のひとみ、加奈様かな。加奈様のことは四月の初めはストーカーみたいに思ったことがあるが、今はすっかり大切な友達になってしまった。

人って一人で生きていくのはしんどい。でも、だれか支えてくれる人がいるから遠くへ羽ばたくことができると思った。『風の砦』は、そんなことを感じさせる内容だった。演じてくれた劇団員のみなさん、ありがとう。

二日目の午前はステージ発表だ。クラス単位でいくつかの発表をした。劇の発表、音楽の発表、高校生の主張、つまり弁論大会である。構成企画にあたったのは生徒会の学校祭実行委員会であり、一年生からも三名が加わっている。

私の学級は音楽を中心にした内容だった。吹田さんがピアノを弾き、青田さんがギターを弾き、木村さんがリコーダーを吹いた。加奈様が音楽に合わせて踊り、それ以外の人は歌を歌った。私も歌を歌った。

三年二組の劇は「人食い熊」。苫前であった実際の事件を基に創作されており、明治時代にこの地を開拓した人たちの苦難がわかる劇であった。

弁論大会は希望した五名が六分間で自分の主張を発表した。

その中で印象に残ったのは、一年生の竹内さんの主張だった。竹内さんは小学五年の時に足を引きずるような歩き方になり、検査した結果、筋ジストロフィーと判明した。今は札幌の病院に月一回と羽幌の蔵田病院に週一回通院している。この頃では、歩くことが困難になり、車椅子で移動することが多くなったらしい。これから、体がどのように変化していくかわからないが、医学の進歩に期待してリハビリに励み、将来は微生物学を学び、人間の病気治療に役立つ薬を開発するのが夢だそうだ。

私が考えたことのない発想である。竹内さんの主張を聞いていると、私はなんにも将来のことを考えていないなぁと思った。お母さんみたいな踊りをやってみようとは思わないし、モッタリみたいな美術をやってみようとも思わないし、特にこれをやってみたいことはない。このままいけばフリーターかニートへの道をひたすら進んでいるように感じられる。私の前に道はない。私の足跡は途切れるのであろうか。羽幌から先の道を探せるのであろうか。

午後からは地域の人たちも参加した交流会である。一部はカラオケ大会、二部は盆踊りだ。カラオケは地域の人たちが優先であり、見学に行った農場のおじさん、コンビニに勤めている人、役場の人、学校の近くに住んでいる人、それに天売島から上原さんがやって来て、『風雪流れ旅』を歌った。だれが歌っていたのであろうか。私の知らない歌が多かった。

二部は盆踊りで、『北海盆歌』『子ども盆歌』『ソーラン節』などを踊った。アトラクションとして地域の「江差追分保存会」の人たちが『江差追分』を披露してくれた。

フィナーレに『北海盆歌』を踊った。充実した学校祭だった。

雪虫が飛んできた

羽幌の冬は思っていたより早くやって来た。木々が赤茶色になってくると木枯らしが吹き始め、雪虫が飛び始めた。これは翌日に雪が降ってくる合図だそうである。その通り、翌日に雨に交じって雪がちらついた。その次の朝に窓から外を見ると雪で地面が真っ白になっていた。

うわっ、スキーができる。

実際にスキーができるのは十二月の中旬になってかららしい。

この日は私の授業のない日である。図書館の自習室に行って、地学のレポートを作成する。「北海道の創生と開拓民が放置した土地の土壌分析」である。

北海道は日本列島の一部として形成されてきたが、今から二万年ほど前に現在の形になったと推定されている。ユーラシア大陸、サハリンからマンモスが渡ってきて、津軽海峡を越えて本州へと渡り、野尻湖や瀬戸内海周辺まで行った。

羽幌に人間が住み始めたのは今から二、三千年前と推定されている。その証拠に羽幌から縄文式土器が発見されている。その頃に住んでいたのは私たち日本人の祖先である。同時に日本人とは違う民族も住んでいたようだ。

アイヌ民族が北海道に渡ってきたのは、今から八〇〇年ほど前と推定されている。羽幌にも住んでいたようだが、今ではその痕跡をたどるのは難しいそうである。

日本人が羽幌に住み始めたのは明治二十年頃である。その後に炭鉱が発見されて人口が増え始め、多い時には人口が二万人を超えたが、炭鉱が閉山されるとともに人口が減り始め、今では四千人を割っている。

多くの人たちが放棄した住宅地、工場、炭鉱、農業用地はどうなっているのだろうか。この土地を分析した研究機関、研究者は今のところいないので、それはわからない。それにその土地を再利用する可能性も少ないので、風化に任せるしかない。炭鉱会社が掘った多くの坑道がいつ陥没するかわからないし、どちらの方向に掘ったかも今もって不明である。震度六、七クラスの地震が来た時に持ちこたえられるのかわからない。幸い羽幌では、今のところそんな大きな地震がない。土壌分析についてはする必要性がない。これが私の出した結論である。

ああ、疲れた。北海道のことを真剣に考えたことのない私にはとっても考えさせられる。

十一月の下旬の祝日に上原さんと勝山先生の結婚式がサンルートセブンホテルで行われた。かねがねうわさがあった通りに二人は結婚した。上原さんが三月下旬までニセコのスキー場に働きに行くために、天売島を離れる前に結婚式を行うことになったのだ。生徒で出席したのは、勝山先生が担任をしているクラス代表の二人太田さんと私と、ソフトボール部の二人道木さんと広津さんである。

披露宴では加奈様がお祝いの踊りを披露した。勝山先生はとっても幸せそうな顔をしていた。でも、この先、四か月以上の別居生活になるのでかわいそうである。

十二月に入ると雪が舞う日が多くなってきた。ハマナス寮から学園の校舎へ向かって歩く時、吹雪に巻き込まれると進めなくなる。雪が下から吹き上がってきて顔に当たるので、目を開けていられないのである。後ろ向きになって進むしかない。

林業実習の授業も本格的になった。学園からマイクロバスに乗り、学園の所有する林業試験場へ。林業試験場は学校の東側、幌加内に抜けていく途中にあった。すでに雪が五十センチほど積もっていた。夏の間は熊笹に覆われていて森林の間を移動するのが困難であったが、雪が熊笹の上に覆いかぶさり、その上を歩くことが可能になるのである。

私たちは手が届く範囲で枝の伐採を始めた。樹木の数が多いので六日間も作業が続いた。それが終わるとはしごをかけての伐採が始まる。下から二人がはしごを支えて、一人が上に登って作業をする。はしごが倒れた時のことを考えて、命綱を結んでおく。この作業は八日間続いた。

これで二学期の授業が終了した。この続きは三学期にすることとなる。

冬休みの沖縄旅行

私は京都に帰った。をどりが機嫌よく迎えに来てくれた。京都の家に帰ってくると、やっぱりほっこりする。

この年末年始は伏見稲荷のお土産屋さんでアルバイトをする。仕事は十二月の三十日からであった。三十日と三十一日は客が少なかったが、一日になってからはものすごく増えた。それでも四日からは少しずつ減り始め、八日に私のアルバイトは終了した。

十日から私は沖縄へ一人旅をした。アルバイト代とお母さんが出してくれたお金を合わせれば、十分な旅行ができる。北海道と京都を行き来しているうちに、一人で動くことに慣れたのだ。今まで行ったことのない遠くに行ってみたかった。

飛行機で那覇へ行き、本島をめぐった。那覇の空港に降り立った時、何かとても甘い匂いがした。その時は、それが何の匂いかはわからなかった。それから、とても暖かい。冬なのに羽幌の夏の気温に近い。

モノレールで旭橋駅まで行き、近くのビジネスホテルに宿泊した。食事は近くの店でとった。ゴーヤチャンプルやソーメンチャンプルなど、京都や羽幌ではないメニューが並ぶ中、私はソーメンチャンプルを食べた。とてもおいしかった。沖縄独特の味であった。お腹がいっぱいになった。

ホテルにまっすぐに帰らずに、散歩をした。大きな通りは大変車が多い。三十分ほど歩いてホテルに帰った。体にうっすらと汗がまとわりついている。これは羽幌の夏だと感じた。

次の日は、ホテルの近くにあるバスターミナルから定期観光バスに乗り、沖縄の南部をめぐった。琉球ガラス村、南部戦跡ではひめゆりの塔、平和記念公園、平和の礎をめぐった。平和の礎には京都の人や北海道の人の名前もある。京都の出身の人も北海道の出身の人たちも沖縄でたくさん死んでいったのだ。それより圧倒的に多かったのは沖縄の人たちだ。私と同じ年齢の女の子たちもたくさん死んでいったのだ。

昼食は観光バスに乗っていた人たちといっしょに食べた。ゴーヤチャンプルや豚肉の煮物、昆布の煮物があった。ここの昆布はほとんどトロトロになるまで煮てある。昆布は北海道で採れる海藻だけど、沖縄でもよく食べられている。そういえば、京都にある昆布屋さんで、とろろ昆布を店頭で作っているところがある。しかし、北海道では昆布を専門に売っている店は見たことがない。あるとしてもお土産を売っている店くらいだ。

夜は国際通りを一人で歩いた。賑わいのある街である。

三日目はちゅら海水族館に向かった。平坦な道をバスで二時間近く走って、目的地に着いた。ジンベエザメが入っている大きな水槽をぼんやりと眺めた。家族で来ている人や、友達といっしょのグループが多く、私みたいな一人で来ている人は少なかった。

四日目は那覇空港から関西空港に飛び、京都に戻った。今度行く時はもっと小さな島へ行ってみたいと思った。

京都に戻ってからはレポートを作成したり、をどりと遊んだり、散歩したりして過ごした。ひとみとは連絡を取らなかった。会えば、また、けんかになってしまいそうだったから。大きいお腹のひとみも見たくはなかった。春にはひとみはお母さんになるのだろう。私と同じ歳なのに……。

三学期の始まる前の日に私は羽幌に帰った。羽幌は一面の銀世界だった。スキーで滑るのが楽しみだ。加奈様が部屋にやってこない。まだ戻っていないようだ。やれやれ。でも、加奈様がやってこないと何か心配だ。東京で何かあったのだろうか。私は京都で過ごした日々や沖縄へ行ったことを思い出しながらベッドの中で過ごした。

様子がおかしい加奈様

翌日から三学期が始まった。加奈様と食堂で出会ったがなんとなく元気がない。どうしたのだろう。


「加奈様ごきげんよう。元気ですか」

「あら、舞様ごきげんよう。私は元気よ」

ことばでは元気と言ったが、目力が弱い。

「私、一人で沖縄に行ってきたのよ」

「あら、よかったわね。暖かかったでしょう」

「そう。快適だったわ」

「加奈様はどこかに行ってきたの？」

「ええ、ロスにね」

「すごいのね」

「ママに会いに行ってきただけ」

「そうなの」


この日も私と加奈様はいっしょに登校した。

楽しみにしていたスキーの授業は三学期が始まった四日目にあった。市民スキー場にマイクロバスで出かけた。私は初級クラス、加奈様は中級クラスを選んだ。五歳頃から家族でスキーに行っていたとのことである。

初級クラスはスキーの装着の練習から始まった。スキーを装着することができると、ストックの使い方を教えてもらった。その後、平地を滑った。私は転ばずに滑ることができた。やがて、わずかながら傾斜があるところを滑った。スピードが出ると私はバランスを崩して転んだ。地面が雪のために転んでもあまり痛くない。このスキーの練習はここまでで終わった。

それから三日目に私と加奈様は市民スキー場へと向かった。加奈様に頼んでスキーを教えてもらうためだ。

「舞様はもうお上手よ」と言ってくれたが、傾斜を滑ると怖さを感じてしまう。

加奈様は身のこなし方が上手だ。運動神経がいいのだろうか。

「スキーは慣れ親しむことよ。練習の回数ね。回数を重ねれば、だれでも上手になれるわ」

と言ってくれた。

それから、私は授業のない日はスキー場に一人で通った。三月に入ると、かなりの傾斜でもすいすいと平気で滑ることができるようになった。その代わりすっかり雪焼けして顔が黒くなってしまった。


林業実習の授業は、樹木の伐採へと進んだ。のこぎりで樹木を切り、人のいない方向へ倒すのだ。自分のいる方向に樹木が倒れてくると大けがをしたり、最悪の場合に死亡することもある。だから、伐採は慎重に行われ、必ず先生がそばについた。

二月、三月になると積もっている雪の質が変化してきて、さらさらの状態から硬くなっていった。だから、伐採のために林の中に入っても足が動かしやすい。十二月に林の中に入ると足が雪の中にはまり込んでしまい、大変歩きづらかったのに比べると、林の中を進むのがずっと容易になった。

三学期が終了すると、私は京都には帰らずに上原さんがいるニセコ町でアルバイトをした。

民宿の食事の配膳、掃除である。朝の十時から午後五時まで。休憩時間にはアルバイトの女の子たちはゲレンデに繰り出し、スキーを楽しんだ。この頃になると私はけっこうの傾斜があっても転ばずに滑ることができるようになっていた。

民宿には札幌から来た子と東京から来た子がいた。あとは民宿の経営者の山田さんとその奥さんである。山田さんは六十歳ぐらいで、私たちを孫のように大切にしてくれた。東京に息子さんがいるが、この民宿を継ぐ意思がなく、あと十年ぐらいするとこの民宿を売却する予定だそうである。娘さんはサウジアラビアに嫁いでいるそうで、もう三年も帰っていないらしい。私はニセコに来てから、よりいっそう顔が黒くなってしまった。


新学期が始まる三日前に私は羽幌に帰り、今まで住んでいたハマナス寮からワンルームマンションへ引っ越した。食事は自分で作ってもいいし、学園の食堂で食べてもよかった。

加奈様はまだ羽幌に帰っていなかった。どうしたのだろう。

結局、加奈様が羽幌に戻ってきたのは新学期が始まって五日も経ってからだった。加奈様は私と同じワンルームマンションに引っ越してきたが、ふさぎ込むようになっていて、食堂にも授業にもほとんど出てこなくなった。私は四月も中旬になったある日、加奈様の部屋を訪ねた。

「あら、舞様ごきげんよう」

ことばに覇気がない。目に輝きがない。以前の加奈様はどこへ行ったのだろう。

「ちょっといいかな。加奈様と話がしたいのよ」

「はい、どうぞ」

カーテンが閉められていて、部屋が薄暗かった。もう朝の十時だというのに寝ていたのだろう。

「加奈様、この頃授業にも来ないし、どうしたのかしらと思って」

「ごめんなさい。……心配かけてしまって、私……だめになってしまったの」

加奈様は涙声になっている。

「私でよかったら話をして」

加奈様はそのまま泣きふしてしまった。私はどうしたらいいのかわからず、茫然とその様子を眺めていた。

「ごめんなさい。私……だめに……なってしまったの」

「加奈様はちっともだめになんかなってないよ。元気を出して」

「それは無理。私この学校を辞める……東京に帰る」

「そうなの。帰るって、いつ帰るの」

私はかなり面倒になってきた。

「えっ、私、帰っていいの。舞様は寂しくないの」

「そりゃあ、寂しいけど加奈様が帰りたいと言うのなら、私はとめないわ」

「あっそうなの、舞様って冷たいのね。もうわかったわ。部屋から出ていって」

「はい、わかりました。ごきげんよう」

「…………」

むかつくなぁ。去年はストーカーのように私にまとわりついていたくせに。私は加奈の部屋のドアを思い切り音を立てて閉めてやった。もう加奈の部屋に来るもんか。東京でもロサンゼルスでも行け、知るもんか。

私は部屋に帰ってベッドに仰向けになった。

むかつくなぁ。あんなのはほっとこ。そうや、そうや。ひとみはどうしているのかな。

久しぶりに声が聴きたい。いや待て、ひょっとして子どもが生まれていたら迷惑になるので、メールにしておこう。

——ひとみ元気？　赤ちゃん生まれたかな。私は元気よ。メールしてちょうだい。


メールの返信はなかなかこなかった。

ひとみ、どうしているのかな。無性に懐かしい。

ひとみからメールが届いたのは夜も遅くなってからのことであった。

——ヘィ、ヘィ。舞、メールありがとう。うち、やったよ。赤ちゃんが生まれた。写真を送るよ。かわいいだろう。名前は未空《みく》と付けたの。おっぱいをたくさん飲むの。嬉しい。舞も早くつくれよ。羽幌にはいい男はいないのかい。なんだったら紹介するよ。

——返信ありがとう。本当に未空ちゃんかわいいね。おめでとう。私はまだまだよ。羽幌にも素敵な男性がたくさんいるけど、私は関心がないわ。私は女性の友達のほうがいいのよ。

その後にメールはなかった。育児に忙しいのであろうか。

あの日から加奈の姿を見ることはなかった。さすがに気になってきて、学校で山崎先生に聞いてみた。

「おうちのほうで用事があるみたいで東京に帰っているのよ」ということだった。マクドナルドの東京校にでも転校したのか、退学したのかはわからなかった。

ソフトボール部には一年生が四人入ってきた。男子と女子が二人ずつだ。その女の子の中に京都三条校の香美がいた。なんかすごく感激した。

勝山先生は三十五歳を超えたので、選手を引退して監督に専念している。相変わらず細々とした練習が続く。上原さんが時々、練習を見学にやってきて、二人で帰っていく。勝山先生といっしょに教員住宅に住んでいるらしく、そこから、天売島の畑で農作業をするために通っているそうだ。

ソフトボール部の練習の時に香美が話しかけてきた。

「舞先輩が行ったので、私も羽幌をめざしたんです。お母さんが旭川出身ということもありましたが、舞先輩の存在が大きかったのです」

「ああ、そうだったの。嬉しいやん。困ったことがあったら、なんでも相談してね」

「はい。よろしくお願いします」

私にとっては感激であった。私を追いかけて羽幌にやってくる子がいるなんて嬉しい。でも、相変わらず香美はソフトボールがへただ。香美が三年生の時には人数が少なくて、ソフトボール部は単独で試合ができなかったそうである。


四月の下旬の日曜日、稚内の青年会チームと練習試合をした。球場はマクドナルド学園のソフトボール専用球場だ。

第一試合に私は先発のピッチャーとして出た。でも、結果はさんざんであった。フォアボールを連発するわ、塁にランナーをためたところで長打を打たれるわで、二回を投げて八点を取られた。ノックアウトである。

私のあとは一年生のあおいが投げた。緩急をつけたピッチングでホームランを一つ打たれ、一点だけで試合を終了した。敗戦処理という感じだったが、なかなかいいピッチングであった。

第二試合はあおいが先発した。私はベンチスタートであった。途中からセカンドの守備位置についた。打順が一度回ってきたが、ショートゴロに終わった。あおいの出現によって、私の投手としての役割が終わったように感じた。


五月初めの連休に、お母さんとモッタリとをどりが羽幌にやってきた。サンルートセブンホテルに泊まった三人を私は訪ねた。

をどりが「お姉ちゃん」と言って抱きついてきた。今年の正月に抱き上げた時よりずっしりと重たくなっていた。お母さんはモッタリといっしょにいると幸せそう。私が羽幌に来たことは間違っていなかったと感じた。

四人でいっしょにホテルのレストランで食事をした。北海道で採れる魚をたくさん食べた。二日目に三人は私の住むワンルームマンションを訪ねてきた。大家の星野さんのところに四人で行って、京都のお土産を渡した。それから、私の部屋に戻り、抹茶を点て、生七つ川を食べた。

「これ食べると京都が懐かしいわ」

「舞ちゃん、京都三条校にいつでも戻っておいで」

「うん。ありがとう。でも羽幌が気に入っているので卒業までいるわ」

「舞ちゃん、お母さんも待ってるわ」

「うん。気が変わったらね」

「お姉ちゃん、早く帰ってきてね」

「うん。わかった」

三人は三日目の朝に帰っていった。私はホテルから出発するバスを見送った。私の中の京都が離れていくようでちょっぴり寂しかった。


水産実習の授業では、素潜りでウニが獲れるようになった。目標が達成できた。

五月から七月の間は農業実習時間が多く、じゃがいもの種植えやトウモロコシの苗植え、ニンジンの種まきなどが行われた。それが終わると畑の草取りが長く続いた。元気な雑草は抜いても抜いても生えてきた。

サハリンへの修学旅行

七月の初めに修学旅行に出発した。目的地はロシア・サハリンである。稚内から高速船に乗り、コルサコフに向かった。稚内の出入国管理事務所を通る時は何かどきどきした。パスポートとフェリーのチケットを確認しただけで、キャリーバッグの中まで調べられるなんてことはなかった。

高速フェリーは稚内の港を出るとどんどんとスピードを上げて、またたく間に宗谷岬が見えなくなった。それから三十分ほどするとサハリンの島影がくっきり見えてきた。コルサコフの港に着いたのはそれから一時間ほど経ってからだった。

コルサコフの街がくっきり見えた時に、ここはヨーロッパだと感じた。写真で見たポーランドとかリトアニアの街に似ていた。

船が着岸してからバスが迎えにきたが、そのバスには四十人ほどしか乗れないので出入国管理事務所まで行くまでにけっこう時間がかかった。入国検査は一人ひとりていねいに時間をかけて、パスポートの写真と本人を見比べられた。

出入国管理事務所に入ってからユジノサハリンスクに向けてバスが出発するまで一時間近くかかった。私たちの乗ったバスは道産バスの車体であった。北海道のバス会社の車両がそのまま使われているのだ。ユジノサハリンスクまでの道路は舗装もされており、快適だ。

五十分ほどでホテルに着いた。シャワーを浴びるくらいの休憩時間があった。私は綾香と同室になった。綾香は滋賀県草津市にある高校からの転校である。年齢は私より二つ上のようだ。久々の関西弁のイントネーションが懐かしかった。

「綾香さん、シャワーお先にどうぞ」

「うん。わかった」

なんか態度の大きなやつである。シャワー室に入ったきり、なかなか出てこない。夕食の時間が迫ってきていた。

「綾香さん、夕食の時間よ」

私はシャワー室のドアをたたきながら言った。

「うん、わかった」

結局、私は夕食前にシャワーを使えなかった。

二階のレストランに行くと、もう学年の生徒はほとんど集まっていた。私は学級の同じ班の座席に座った。

初めにスープが出てきた。中に玉ねぎが入っている。次に野菜サラダ。きゅうりが薄く切ってあった。それを皿に丸く平らに置いている。その横にトマトも薄く切ってあった。それから茶色のパンが出てきた。日本で食べるパンとそんなに味が変わらない。牛肉のステーキは、なんか硬い。牛肉が薄く、横に広い。まだ、全部食べていなかった野菜サラダをなぜかウエイトレスが黙って持っていってしまった。

「そういう時は、ニエットと言えばいいの」

隣に座っていた綾香がそう言った。

「あら、そうなの。ありがとう」

「うん」

最後にコップに入ったお湯が出てきた。

「これ、どうすんの」

「これは紅茶か、コーヒーかを自分で選ぶんや」

「はぁ」

私はテーブルに置いてあったコーヒーの粉末をカップの中に入れた。初めに見た時からこの茶色のものは何かと思っていたが、インスタントコーヒーの粉末だったのだ。それにしても綾香はこのレストランのことをよく知っている。

「綾香さんはこのホテルに前に来たことがあるの？」

「ここじゃないけど、別のホテルにな」

ひょっとして、修学旅行は二回目か。

西山先生から明朝の集合時間確認があり、散会となった。


二日目はユジノサハリンスク市内の見学である。まずは貸切バスに乗ってスキー場に向かう。バスは昨日と同じ道産バスの車体である。

ホテルから十五分ほどでスキー場に着いた。ユジノサハリンスク市内が一望できる。スキー場の下にサッカー場が見えた。観客席があるりっぱなものである。かつてサハリンは日本の領土であり、日本人が住んでいたという。今は仕事で来ている日本人が三千人くらいは住んでいるという。バスから見える人たちの中に髪の毛の黒い人たちがちらほら見える。スキー場にはりっぱなリフトが設置されている。今は夏なので動いていない。ここで全員そろって記念写真を撮る。

バスで移動して郷土博物館を見学する。博物館の前には大きな噴水があり、見学者たちがのんびりとそれを眺めている。中に入ると展示物の中には日本統治時代のものもあった。この展示を手掛けたのは京都の東尾製作所と書いてある。日本人がここまで来て、展示物を設置したのだ。サハリンの開拓の歴史が刻まれている。

再びバスに乗り、レストランに向かう。昼食のメニューはシチュー、パンと野菜サラダだ。午後からは日本人墓地にお参りに行く。かつて住んでいた日本人の墓地があるのだ。ロシア人墓地を通り抜けて、奥へ進んでいくと、そこはあった。墓はきれいに整備されていた。私たちは整列して手を合わせた。

その帰りにデパートを見学した。平日というのにけっこう客が入っていた。装飾品を売っている店が多かった。このデパートの中で見かける女性たちはネックレスやイヤリングなどを身につけている。ロシア人女性はなかなかおしゃれなのだ。

バスでホテルに戻ると、食事までベッドで眠ってしまった。綾香の声に起こされた。いっしょにレストランに行く。食事の内容は昨日とほぼ同じだが、メインが魚のフライであった。

三日目はマクドナルド学園のユジノサハリンスク校の生徒と交流が行われた。午前はスポーツ交流であり、午後からはディスカッションである。この学校の生徒のほとんどは家族で来ていて、父親や母親が日本の会社や官公庁などに勤めている。中には一人でこの地で暮らしている生徒もいた。

スポーツ交流はバレーボール、卓球、バスケットボールにそれぞれ分かれて行われた。私はどれも苦手だったが、バレーボールを選んだ。動いたので少し汗をかいた。

午後からはディスカッション。テーマは日本の未来と私たちである。まず、問題提起者が両校から二人ずつ登場し、七分間の発言がある。四名の口からは人口減少と高齢化社会の今、不安と解決のための問題提起がなされた。

日本の人口は一億一千万を割り込み、一億を割り込むのもあと七、八年といわれている。一方、新生児の誕生は六十万人前後となっている。そのために、二十代で結婚することが推奨され、二十五歳までに結婚した人たちには生活補償金月額十万円が支給され、三十歳までに結婚した人たちには生活補償金月額五万円が支給されている。

また、子どもはこども園から大学まで授業料の完全無償化が図られている。だから、私の寮費も無料であり、ワンルームマンションの費用にも五万円までの補助金がついた。といっても、私の住むワンルームマンションは家賃四万五千円なので、大家さんに直接お金を払う必要がない。二十年ほど前に学生であった人たちとは状況が違う。

それでも、少子化の傾向は止まらない。こんな状況の中、日本の国民総生産が伸び悩み、税金収入も減少している。だから、国有資産はほとんど売却されている。国会や国の機関の土地や建物も売却されて、それを一年契約で不動産会社から借りているのだ。国家公務員や地方公務員の給与の二割は国債で支払われており、この国債の現金化は十年後のことである。消費税は三十パーセントになっている。

北海道の鉄道は函館から旭川までのみとなっている。近年は、次の年の予算が組めるか綱渡りの状況が続いている。こんな状況の中で未来に希望を持つのは困難なのである。問題提起者の意見に疑問が投げかけられて、パネルディスカッションが終わった。

四日目はドリンスクへ製紙工場跡の見学に行った。もう四十年ほど前に操業が停止された工場ではあるが、かつて日本人が造ったものである。廃墟になった工場を見るのは初めてのことだ。なんでこの工場が撤去されないのか理由がわからない。

その後にバスは海岸まで行った。バスを降りて散歩する。地形がなだらかで、北海道の宗谷地方と似ている。何万年前かに北海道とサハリンはつながっていて、そこをマンモスが陸伝いに北海道へ渡ったようだ。さらに、凍っている津軽海峡を渡って、長野県の野尻湖や瀬戸内海まで行ったという。

オホーツク海は広く、海の向こうに何も見えない。私たちは砂浜にシーツを敷いて、サンドイッチを食べた。

昼からはユジノサハリンスクに戻り、お土産を買う。最初はスーパーへ入る。このスーパーにはお菓子類が豊富に並んでいる。見慣れないお菓子たちに目移りしながらも、私はチョコレートを買った。よくパッケージを見ないとメイドインジャパンのものがある。それからバスでお土産屋さんに向かう。ここはロシアらしいものが売っている。私はネッカチーフをお土産とした。帰りも高速船であった。

青年会のソフトボールの試合は今年も留萌で行われた。私は途中に代打で出たが、サードフライに終わった。試合は〇対七で敗退した。監督である勝山先生は妊娠中のため、この試合には来なかった。監督代行はソフトボール部ＯＢの荻窪さんが勤めてくれた。

試合の帰りに小平のレストランで打ち上げが行われた。海岸の側にあるレストランで、この日は空も海も青く輝いていた。

商業体験実習〜そして、また冬

夏休みになっても私は京都に帰らずに商業体験実習に参加した。この実習の内容とは利尻島にある民宿で働くことだ。この地域にある六か所の民宿に、マクドナルド学園の生徒十二名がやってきた。

私が配置されたのは民宿「みのる荘」。同じクラスの佐和といっしょであった。山形県出身の佐和とはクラスが同じとはいえ、挨拶をする程度の仲で、話をしたことはないが、この民宿で二十日間いっしょに過ごすことになった。

民宿の経営者の加藤大地さんは以前に東京で中学校の校長をしていたという。中学校で体育を教えていた頃に、教え子の中でマクドナルド記念国際学園高等学校へ進んだ生徒がいて、この学校のことを覚えていた。それでマクドナルド学園から体験実習の依頼があった時に喜んで引き受けたそうだ。

父親の加藤稔さんがこの島で漁師をしていて、民宿を始めたそうである。それで民宿が

「みのる荘」になったとのことである。息子の加藤大地さんは校長を退職したあとに民宿の経営者と漁師を引き継いだのである。今ではすっかり民宿の経営者の顔である。気さくに私たちに声をかけてくる。

「舞ちゃん、おはよう。今日一日よろしくな。がんばってな」

「こちらこそよろしくお願いします」

こんな調子である。

私たちの仕事は朝ご飯の配膳から始まる。「みのる荘」は最大三十二名の客を泊めることができ、部屋が十二ある。泊まる客の数はその日によって差があり、特に金曜日と土曜日に客が多い。だから、夏季の間の従業員が二人いる。茨城県から来ている彩絵さんと奈良県から来ている美恵さんである。

私たちの朝食は客が朝食をとっている間に交代で食べる。客の食べた食器はこれも交代で洗う。会計は奥さんの和代さんが担当なので、私たち体験実習生がお金を扱うことはない。

客の朝食が終わり帰っていったり、観光に出かけたりすると、すぐに掃除が始まる。それから、晴れた日はふとんを干す。近くに利尻山の姿がくっきり見える。客は東京方面からが多いが、関西から来る人も多い。関西から来る人はことばを聞けばすぐにわかる。掃除が終わると四時まで自由時間だ。各自が自由に過ごすが、昼食後は基本的にお昼寝タイムであり、三時頃まではみんな昼寝をする。私は佐和さんと同じ従業員部屋でいっしょに過ごす。同じ通信制高校生の身であるから、ともにレポートの作成にも取り組む。四時からは、入ってくる客の対応や食事作りのアシスタントとして働く。

夕食は六時三十分からなので、それまでに配膳を終了させる。アルコール類の注文は二人の従業員と和代さんが対応する。私たち体験実習生は、小休憩時間だ。食器洗いは従業員と体験実習生がいっしょにする。

客の食事が一段落する八時から私たちの夕食が始まる。利尻島はやはり魚がおいしい。それにタコもおいしい。ウニは一度だけ出てきた。これは加藤さんが朝早く起きて獲ってくる。同じく魚も加藤さんが獲ってきたもの。

野菜は加藤さんの敷地の中で和代さんが中心になって作っている。米やアルコール類以外はこの加藤さんが獲ってきたり、作ったものを客に出しているのだ。

夕食を済ませ、食器洗いを終えると港近くの公園にマクドナルド学園から来ている体験実習生たちが集まり、花火をしたり話をしたりする。一日のうちで一番楽しい時間だ。学校にいた時は話したことがなかった内山さんや中根さんなどとも親しくなった。時間があっという間に過ぎていく。日付が変わらぬうちに、それぞれの民宿に帰ることにしている。

二十日間が過ぎ、加藤さん夫妻や従業員の二人との別れの日は涙が出てきた。

「来年の夏も来ます」

「おう。来年も来てな」

加藤さんが強く手を握ってくれた。加藤さんの手を見ると大きな漁師の手であった。

鴛泊《おしどまり》の港まで四人が送りに来てくれた。船にはたくさんの紙テープが投げられ、別れを惜しんだ。涙が頬を伝わって甲板に落ちた。来年もまた来たいと強く思った。


羽幌に帰り、高校の授業が始まった。加奈の姿を見ることはなかった。やっぱりマクドナルドの東京校かどこかに転校したようだ。なんかおもしろい人だったな。もう一度会ってみたかったが彼女の自宅の住所を聞いていなかったので、どうしようもなかった。携帯の電話やメールアドレスを交換していたが、連絡しても何の反応もなかった。

九月に入ると水産実習。船で日本海近海へ出た。学園が所有する練習船なのだ。沖に出ると網を下ろし、魚を捕った。捕れる魚はホッケ、カレイなど、それに名前のわからない魚やタコやイカなども網にかかる。魚の名前を確認したあとはそれを生で食べたり、焼いて食べたりする。食べきれなかった魚は開いて干したり、冷凍庫に入れて羽幌に持って帰る。学園の食堂や学生寮の食堂で出されるのだ。

船は南に向かい、留萌や小樽の港で休憩する。その間、練習船に水や燃料を補充する。函館まで向かい、そこでUターンして羽幌に帰ってきた。私はほとんど船酔いしなかったが、船酔いでつらそうな人もいた。留萌や小樽から陸路で帰っていった人もいた。

十月に入り、学校祭が行われた。今年は合唱発表会ではなく音楽発表会になった。声楽部門ではソロで歌う人が多く、各学級から選抜された二名が出場した。私の二年二組は山口さんと館野さんが選ばれて、みんなの前で歌った。

グループ合唱は、二年から一つのグループが出場した。一グループは四人以内である。器楽部門はギターの演奏が二年から一名、ピアノの演奏が二名、フルートとピアノ演奏が一組出演した。

午後からは音楽劇の鑑賞であった。秋田からつくし座がやってきた。歌と踊りが素晴らしかった。もう九十年以上も続いている劇団だそうである。

二日目の午前はステージ発表。二つのクラスが劇を披露した。

そして、「高校生の主張」の発表だ。一つはテーマに沿ったもの、一つは自由である。私は自由部門で、「私とソフトボール」という題で発表した。すごくどきどきしたが、なんとか原稿を読むことができた。私はもともと人前で話をするのが苦手だ。

午後からは地域の人たちも参加した交流会である。一部はカラオケ大会であり、二部は盆踊りである。今年も上原さんがやってきて、私の知らない歌を歌っていた。

学校祭が終わると木枯らしが吹き、ぐんと秋が深まった感じがしてくる。

十一月になると一段と寒くなり、雪虫が飛んだ次の日に初雪が降った。羽幌の街は白銀の世界となった。

終

著者プロフィール
原 哲夫（はら てつお）
1948年（昭和23）、北海道生まれ。
北海道教育大学卒業。
京都市立養護学校および中学校に勤務する。
退職後に小説、随筆、児童文学の執筆に専念する。
著書に『ぼくの旅物語』（児童文学／健友館）、『遥かなる啄木』（文芸社）、『未来少女・舞』（文芸社）がある。

続・未来少女・舞

2020年３月15日　初版第１刷発行

著　者　原 哲夫
発行者　瓜谷 綱延
発行所　株式会社文芸社
〒160-0022 東京都新宿区新宿１－10－１
電話 03-5369-3060（代表）
03-5369-2299（販売）

印刷所　株式会社フクイン

ISBN978-4-286-21289-0